相棒 season18

上

脚本・輿水泰弘ほか／ノベライズ・碇 卯人

朝日文庫

本書は二〇一九年十月九日～二〇二〇年三月十八日にテレビ朝日系列で放送された「相棒　シーズン18」の第一話～第七話の脚本をもとに、全六話に構成して小説化したものです。小説化にあたり、変更がありますことをご了承ください。

相棒 season 18 上

目次

＊小説版では、放送第一話「アレスの進撃」および第二話「アレスの進撃～最終決戦」をまとめて一話分として構成しています。

装幀・口絵・章扉／大岡喜直（next door design）

杉下右京　警視庁特命係係長。警部。
冠城亘　警視庁特命係。巡査。
伊丹憲一　警視庁刑事部捜査一課。巡査部長。
芹沢慶二　警視庁刑事部捜査一課。巡査部長。
角田六郎　警視庁組織犯罪対策部組織犯罪対策五課長。警視。
青木年男　警視庁サイバーセキュリティ対策本部特別捜査官。巡査部長。
益子桑栄　警視庁刑事部鑑識課。巡査部長。
大河内春樹　警視庁警務部首席監察官。警視正。
風間楓子　『週刊フォトス』記者。
中園照生　警視庁刑事部参事官。警視正。
内村完爾　警視庁刑事部長。警視長。
衣笠藤治　警視庁副総監。警視監。
社美彌子　警視庁総務部広報課長。警視正。
甲斐峯秋　警察庁長官官房付。

相棒

season

18 上

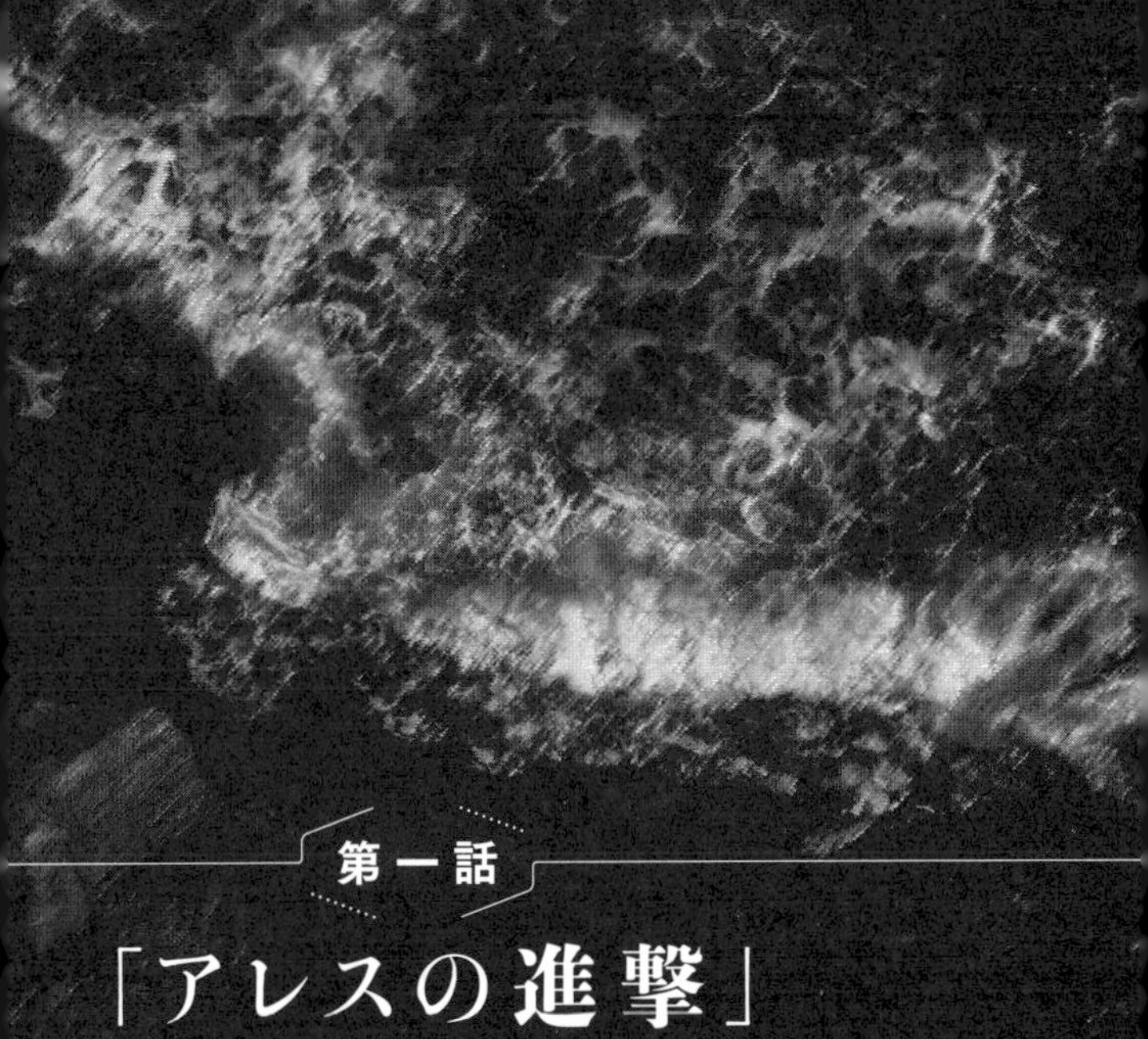

第一話
「アレスの進撃」

一

警視庁広報課長の社美彌子(やしろみやこ)は優雅なしぐさで箸を口に運んでいた。中央合同庁舎内にある一室で、この部屋の主である警察庁長官官房付の甲斐峯秋(かいみねあき)と一緒に洋風高級仕出し弁当を食べていたのである。

美彌子が箸を止めて峯秋に目をやった。

「まだ、なんの音沙汰も？」

峯秋は吸い物の椀を手に持ったまま、「そもそもが風来坊気質だからね。気を揉(も)んでも無駄な気がするが……」と素っ気なく応じた。しかし、心の中では自分が統括を任されている部下のことを気遣っていた。


同じ頃、隣にある警視庁の特命係の小部屋では、組織犯罪対策五課長の角田六郎(かくたろくろう)が愛妻弁当を広げていた。

「そうは言ってもなあ、もう一週間だからなあ……」

そうつぶやいて、部屋の入り口のボード上で裏返ったままになった木製の名札を振り返った。

冠城亘は角田のことばに応じるでもなく、朱文字で「杉下右京」と書かれたその木札を思いつめた表情でじっと見つめていた。

そのとき、スーツのポケットの中のスマホが振動した。亘はディスプレイにちらっと目を落とすと、電話に出た。

「久しぶり。ご機嫌いかが？」

電話をかけてきたのは『週刊フォトス』の記者、風間楓子だった。楓子はオープンテラスのカフェでランチを食べながら電話していた。

——おかげさまで、すこぶるご機嫌ですよ。

「そりゃよかった」

——杉下さん、どうかなさったんですか？

「どうかって？」

——ずっと電話繋がらないから。

「なにか用？」

——用もなくかけませんよ、恋人同士じゃあるまいし。

「どんな用？」

——それは直接ご本人に。

「じゃあ、とりあえず留守電にメッセージでも入れとけば？　折り返し来るんじゃない？」

――入れました、とっくに。でもいっこうに連絡来ないから、どうしちゃったんだろうと思って。

亘はどう答えるべきかしばし考えこんだ。

――あれ？　もしもし？　聞こえてます？

「ニュースバリューという観点からも、こんなこと、記事になるとは思えないから、ぶっちゃけると……」


「行方不明⁉」

亘から打ち明けられた思いがけないひと言に、楓子の声が裏返った。


刑事部捜査一課の部屋では伊丹憲一（いたみけんいち）がコンビニのおにぎりを食べていた。

「フンッ、行方不明だろうが、知ったこっちゃねえや」

後輩の芹沢慶二（せりざわけいじ）がサンドイッチの包みを開けながら茶化す。

「とかなんとか。いなきゃ張り合いないくせに」

「うるせえ」

伊丹が後輩に向かって顔をしかめた。

これも同じ頃、警視庁の副総監室では、衣笠藤治副総監を囲むようにして、刑事部長の内村完爾、参事官の中園照生、首席監察官の大河内春樹の三人が和風の高級仕出し弁当を食べていた。話題はやはり特命係の右京のことだった。

右京を目の敵にしている内村が重々しく意見を述べた。

「今、我々が問題視すべきは、行方不明という点ではなくて、無断欠勤が続いているという点だ」

すぐさま中園が追従する。

「おっしゃる通り。奉職中の身でありながら無断欠勤など、許しがたき暴挙」

「早い話が、あの男の安否など問題外ということだね」

衣笠がまとめると、内村が確認した。

「このまま消えてしまえば、それで結構。遺体で発見されれば、粛々と捜査ぐらいはしてやる。生きてのこのこと出てきたら承知しない。そういうことですね」

「無断欠勤については、いずれ彼が現れれば、事情を聴いた上で、しかるべき懲戒処分を下すことになるでしょう」

大河内の冷静な発言の中から、衣笠がことばを拾った。

「懲戒か……」

「まさしく粛々と」

衣笠が違う見解を示す。

「だが、そんなものがあの男に無意味であることは、火を見るよりも明らかだね。過去にクビにまでなりながら復活を遂げている。彼はゾンビだよ」

副総監の大げさな物言いに、その場の三人は声をあげた。

「ゾンビ？」

衣笠は重箱の中の粉吹き芋を憎々しそうに睨（にら）みつけ、「本当に始末したいのならば、頭を叩き潰すしか方法はない」と、箸を突き刺し言った。「あの頭脳がある限り、彼は生き続けるのだからね」


亘はサイバーセキュリティ対策本部を訪れると、特命係に一時的に籍を置いたことのある特別捜査官の青木年男（あおきとしお）を廊下に呼び出し、頼んでいた用件の首尾を訊（き）いた。

「だから、ありませんよ、手がかりなんて」

面倒くさそうに答える青木に、亘が肩に手を回して迫る。

「お前、本気で捜してる？」

「サイバーセキュリティ対策本部が、行方不明者の捜索なんかするわけないでしょ」

青木は正論で逃げようとしたが、亘は許さなかった。

「そりゃそうだろうが、お前の場合、個人的に情報収集したって罰は当たらないはずだ」

「だから、入国記録は確認してあげたじゃありませんか。恒例のロンドン旅行を終えて、間違いなく帰国していますよ、一週間前に」

「知りたいのは、その後の足取り」

そのときサイバーセキュリティ対策本部の部屋から、青木の同僚の土師太が顔をのぞかせた。土師は小馬鹿にするように青木を呼んだ。

「昼休み終わったぞ、出戻り」

「『出戻り』って言うなって言ってるだろ」

青木の抗議は土師には届かなかった。

「サイバーに戻ったついでに、仕事にも戻れ、出戻り」

「おい、土師！　土師太！　今度僕に『出戻り』って言ったら承知しないぞ！」青木は部屋に戻る土師に怒鳴ると、亘に顔を近づけた。「もしこのまま杉下さんがいなくなれば、特命係は自動的に冠城さんの天下じゃないですか」

「なるほど」

「よっ！　天下取り」

「そしたらお前を家来に取り立ててやるから、また特命係に戻れ、出戻り」

そう言い置いて去っていく亘の背中に、青木は恨みのこもった視線を浴びせた。

翌日の午後、秋田県の、日本海に面した人気のない海岸は小雨まじりの天気だった。

その浜辺を、太郎と次郎と花子という三人の小学生が傘を差して歩いていた。三人は浦島太郎の話をしていた。太郎が持論を述べると、次郎が驚いて訊き返した。

「生物兵器？」

「化学兵器かもしれねえな」

太郎の考えは、花子の理解を超えていた。

「玉手箱が？」

「だって、開けたら煙もくもくで、浦島太郎は一瞬で爺さなってしまったんだや。兵器に決まってるべ」

あまりに突飛な説に、次郎は「浦島太郎は昔話だや」と反論したが、太郎は真剣だった。

「昔話には、恐ろしい真実が隠されてるだが常識だべ」

花子が太郎に質問する。

「じゃあ、乙姫様って悪い人なんだが？」

「テロリストさ。竜宮城はテロリストのアジトだ」

自信満々の太郎の答えを聞き、次郎も心配になってくる。

「タイやヒラメもテロリストなんだが……」

「怖(こえ)え！」

花子が叫んだとき、太郎の目が波打ち際に打ち上げられた発泡スチロールの箱をとらえた。蓋との継ぎ目にしっかりガムテープが巻かれたその箱は、今まで話題にしていた玉手箱のように見えた。

三人は駐在所に駆けこみ、亀弥助(かめやすけ)という名の警察官を、海岸に放置された箱の前まで連れてきた。

「生物兵器？」

話を聞いた亀が次郎と同じ反応をすると、太郎もさっきと同じことばを返した。

「化学兵器かもしれねえな」

「馬鹿こぐでねえ。ハッハッハッ！」

笑い飛ばす亀に、花子が言った。

「じゃあ、駐在さん、開げでみでよ」

亀がしゃがんで箱に手を伸ばすと、次郎の「逃げれ！」という声で、子供たちは走り去っていった。

亀はまさかと思いながらも、生唾を呑んだ。

翌日、秋田県警本部に呼ばれた亘は、会議室で警務部の草津紀世彦から訛りの強いことばで説明を受けた。

「ご連絡した通り、海岸さ、漂着しておりました」

テーブルには前日に子供たちが見つけた発泡スチロールの箱が載っていた。すでにガムテープははがされ、簡単に蓋が開くようになっている。草津が蓋を取ると、箱の中にポリ袋に包まれたスマートフォンが入っていた。

「指紋の検出等は済ませてありますんで、どうぞ」

草津に促され、亘がスマホを袋から取り出す。それは見慣れた上司の持ち物だった。

亘はスマホが流れ着いた海岸を訪ねてみた。眼前に広がる日本海を眺めていると、どこからともなく風間楓子が現れた。

「俺を張ってたのか」

「行方不明なんて心配ですもん。なにか右京さんの手がかり、つかめたんでしょ？　じゃなきゃ、わざわざ県警訪ねて秋田まで来ませんよね」

「昨夜夜半、ここで土左衛門が上がってね……」

「まさか……」

楓子の脳裏にちらっと溺死体となった右京の姿が浮かんだ。

「……なんて言ったらどうする？」

亘の悪い冗談に、楓子が顔をしかめた。

「……趣味悪っ！」

「打ち上げられたのは本当。土左衛門じゃないけどね」亘は秋田県警から返却された漂着物をスーツの内ポケットから取り出した。「右京さんのスマホ」

「ここに？」

「ポリ袋で包んで、発泡スチロールの箱に入れられて……。箱はしっかりとテープで目張りされて、防水も完璧だったそうだ。何者かがそんな手の込んだまねをして、海に放り込んだってわけ」

「つまり、安否まではまだ……」

「残念ながら」

「スマホになにか手がかりは？」

「覗いてみたけど、特になにも……。でも手がかりはあるよ。野放図に、ここに流れ着いたわけじゃないだろうからね」

亘が自らを励ますように言った。

その翌日、右京も亘もいない特命係の小部屋では、角田がまるで自分の部屋のように自由に振る舞っていた。ホワイトボードには日本周辺の海流の細かな流れを示した矢印が描かれた地図が貼ってある。日本海には南から対馬海流が、北からはリマン海流がいくつも枝分かれしながら大きなうねりとなって流れているのがわかる。リマン海流から分かれたひとつの流れが赤いペンで描き込まれていた。

角田は地図に近づくと、右京のスマホが流れ着いた海岸の位置に人差し指を置いた。ちょうど赤い矢印の先端だった。

「スマホが発見されたのがここ」角田は赤い線をたどるように指を滑らせる。「で、出発点は……ここじゃねえかってことで、島へ渡る船、飛行機、調べたところ、飛行機の搭乗者名簿に、杉下の名前があったようです」

角田の説明を静かに聞いていた大河内が、北海道の稚内沖（わっかないおき）にあるその島の名を口にした。

「天礼島（てんれいじま）……」

角田に推理を伝えた本人である亘は、そのときすでに天礼島の地を踏んでいた。山裾にホテルらしき建物が見えたので行ってみると、すでに営業しておらず、門柱には〈一般財団法人　信頼と友好の館〉と表示された看板が取りつけられていた。看板には「代

表理事　甘村井留加」という文字とともに、キリル文字の表記もあった。

　亘は訝しげに看板を見つめ、建物の正面へ足を運んだ。そのとき建物の中から「離してったら！」という女性の叫び声が聞こえてきた。ほどなくして、正面玄関からふたりの人物が出てきた。

　がっしりとした眼光の鋭い中年男性が、若い女性の手首を強く握り、無理やり引っ張っている。女性は抵抗しているが、男の力に太刀打ちできず、ずるずると引きずられていた。

「ねえ、ちょっと離してったら。ねえ、ちょっと聞いて！」

　見かねた亘が止めに入る。

「ちょっちょっ……」

　中年男は「なんでもない」と一蹴し、女性を強引に連れていこうとする。

「なんでもなくは見えません。少なくとも嫌がる女の子を無理やりっていうのは、男の風上にも置けませんが」

　男は亘のことばを無視した。

「早く来い！」

「痛いってば！」

　聞く耳を持たない男には実力行使しかないと、亘は男の手を取って、女性の拘束を解こうとした。ところが次の瞬間、気がつくと手首を取られ、腕を固められていた。

そのとき玄関から若い男五人と女ひとりがぱらぱらと飛び出してきた。同時に自転車に乗った制服姿の警察官が門から入ってきた。

「大西さん、そいつだ！」

若者のひとりが中年男を指差すと、大西と呼ばれた警察官は自転車から降りて、男に組み伏せられていた亘を取り押さえた。

「あんたか、人さらいっちゅうのは！」

「違う違う……違うって」

亘は訴えたが、大西は相手にせず、中年男に「ご協力どうも」と軽く頭を下げた。

「礼には及ばない」

中年男はそう言うと、大股でその場から立ち去っていく。

「おい……ちょっちょっ！」

亘が男を呼び止めようとすると、大西は「おとなしくしれ！」と亘を締め上げる。

それを見た若者のひとりが、警察官の勘違いを正すべく、去っていく中年男の背中を指差した。

「大西さん、人さらい、あいつ！」

「えっ？」

大西を振り切った亘が「おい、ちょっと待てよ、あんた」と中年男を追いかけようとすると、男に引きずられていた女性が止めた。

「ああ、もう大丈夫です。あの人のことは放っといてください」

「いや、そういうわけにはいかないだろう」

「あの……父なんです」

「父？　あれ……君のお父さんなの？」

「はい……」

女性が申し訳なさそうにうなずいた。駆けつけた若者たちが驚いて顔を見合わせた。

嫌疑が晴れた亘は、〈信頼と友好の館〉の事務所で若者たちから事情を聴いていた。

若者は全員で七名だった。連れ出されそうになった女性は、岩田(いわた)ミナという名前だった。

若者のひとり、音羽暁(おとわあきら)が、警察に通報した理由を明かす。

「どんな事情かわかんないけど、とにかくやばい奴だと思ったからさ……」

「見た感じ、極道だもんな」

「おい」

正直な感想を述べる松嶋至(まつしまいたる)を、播磨長吉(はりまながよし)が聞き咎(とが)めた。

「いや、思ったべ、おまえも？」

松嶋が反論すると、播磨は折れた。

「思ったけど……」

ミナが若者たちに謝った。

「ごめんね……迷惑かけて。まさかここまで来るなんて思ってもみなかった。痛みます？」

亘はミナの父親につかまれた手首を冷やしながら、「あっ、大丈夫。しかし、君のパパは強いね。極道とは思えないけど、堅気とも思えない」

「ソルジャーです」

「兵士？」

「はい」

若者たちのリーダー格らしい成田藤一郎が立ち上がって、ミナに近づいた。

「ミナの親父さん、自衛隊か？」

「あの人、ここを財団法人を隠れ蓑にした新興宗教かなんかだと思ってるの。あたしが洗脳されてるって」

「で、連れ戻しに？」と訊いたのは、ミナ以外の唯一の女性、橘禾怜だった。

「そう」

「男親なんて、どこも同じね」

禾怜が腕組みをして不平をもらした。

「うちのは特に横暴」

ミナがそう応じたとき、ドアが開き、彫りの深い顔立ちの老齢の男性が入ってきた。

「どうした？」

成田が振り返り、「ああ、おやっさん」

「なにかあったの？　書斎におったから」

男性は若者たちに尋ねながら、亘に目を留めた。

ミナが立ち上がった。

「あとでゆっくり話します」

同じく立ち上がった亘に、成田が男性を紹介した。

「ここの代表理事です」

髪の毛もひげもほとんどが白くなっている男性が、亘に右手を差し出した。

「甘村井といいます。ようこそ」

亘はその手を握り返した。

「冠城です。お邪魔してます」

「君の客人？」

甘村井に訊かれ、ミナははっとして亘に向き合った。

「そういえば、まだご用件、お聞きしてませんでしたね」

「ああ……実は人を捜してまして。島でこの人物、見かけませんでした？」

亘がスーツの胸ポケットから、スマホを取り出して、右京の写真を表示して見せた。

「見てないですね」

三河大悟(みかわだいご)が首を横に振ると、他の六人も同じように首を振った。

「この島にいらしてることは確かなんですか？」

ミナの質問に、亘は「ええ、間違いないと思いますが」と答えた。

「わかりました」甘村井がうなずく。「記憶に留(とど)めて注意しておきましょう」

「お願いします」

「あの……差し支えなければ、その写真、コピーさせていただけませんか？」

甘村井は亘から右京の写真データをもらうと、それをＡ４サイズの紙にプリントアウトした。

「どこか目立つところに貼ります。これで常に我々の記憶に留まりますし、ここを訪れる人への注意喚起にもなる。ああ、ここがいいかな」

甘村井は右京の写真を掲示板に貼った。

「お手数おかけします」

亘が頭を下げた。

亘は右京の消息をたどるため、続いて役場を訪れた。応対をしたのは商工観光課の天蓋杜夫という職員だった。天蓋は右京のことは見ていないと答えたあと、〈信頼と友好の館〉について探りを入れる亘に情報を提供した。

「代表の甘村井さんですが、ロシア人の血がどんくらいかな……。とにかく混ざってますよ。見た目、ちょっと日本人離れしてるでしょ」

「ロシアですか」

「この島は、昔からロシアとの交流が活発だったから。あっ……いがったら、そちらどうぞ」

天蓋が天礼島の観光パンフレットを示す。パラパラとめくると、〈信頼と友好の館〉の写真が載っていた。亘がその記事に目を通していると、天蓋が補足した。

「帝政ロシア時代に、ここに移り住んできた人たちの子孫なんだわ」

「甘村井さんの個人財産で設立された財団なんですね」

「あそこは元々リゾートホテルでね。廃業したのを甘村井さんが買い取って。そこに書いてある通り、そもそもは日ロ両国の交流を活かして、互いの文化や芸術の振興を目的に設立されたんだけど、今は前ほど公益性の高い活動はしてないです。甘村井さん自身が、若い連中と悠々自適な老後を楽しんでるって感じですかね」

「なるほど……」

亘はなおもパンフレットに目を走らせていた。


その頃、〈信頼と友好の館〉の事務所では若者たちが、亘について語っていた。

「あの人、いったいなにを手がかりにこの島まで来たのかしら」

ミナの疑問を、眼鏡をかけたインテリ風の成田が受ける。

「……だよな。当てずっぽうでたどり着けるはずがない」

小太りで背が低い音羽はおどおどしていた。

「捜してるって写真見せられたとき、マジ心臓止まるかと思ったよ」

「しかし、おやっさんもさ、こんなわざとらしいことせんでもいいのにな」

皮肉屋の松嶋が掲示板の右京の写真に文句をつけると、三河が言った。

「精いっぱいのアリバイ工作のつもりだべ」

禾怜はここでも腕組みをして、「微妙にやることとずれてんのよね、おやっさんて」と切り捨てた。

人のいい播磨は甘村井の気持ちを理解しようとした。

「根っからの善人なんだよ。善人なんてもんは間が抜けて見えるもんさ」

各人の意見を聞きながら、ミナはなにかを考えていた。

その後、ミナは甘村井を、館の近くの灯台へと呼び出し、若者たちにぶつけたのと同じ疑問をぶつけた。

「さあ？　見当もつかんが……たしかに手がかりもなしに来るとは思えんな」

「ええ」

「どちらにせよ、捜索者が現れた以上、迂闊なまねはできんな。命取りになるよ」

甘村井はそう言い残して立ち去ろうとしたが、ふと足を止めて振り返った。

「なあ、ミナ。やはり考え直さんか？」

ミナは決然と首を横に振った。

「みんなで決めたことじゃない」

甘村井が去ったあと、ミナは独り灯台に残って海を見つめていた。いつ終わるともわからない空爆、すし詰めのボートの上で泣き叫ぶ難民の少女や母子……ミナの脳裏を学生時代の苛烈なボランティア体験がフラッシュバックのようによぎった。

亘はなおも役場で天蓋から情報収集をしていた。

「岩田ミナさんは学生時代、ギリシャで難民救済ボランティアをしてたみたいですよ」

「ギリシャで？」亘が訊き返す。

「アテネ。とにかく気持ちの優しい、いいお嬢さんですよ」

天蓋のミナに対する評価はとても高かった。

二

年代物のベッドで目覚めたとき、右京はそこがどこなのかわからなかった。ずいぶん長く眠った気がするが、記憶が定かではなかった。

するると、前方から声がした。

「目、覚めた？」

声をかけたのは禾怜だった。他に成田、三河、音羽の姿がある。

「すっかり眠ってしまいました。うわっ！」

右京はベッドから立ち上がろうとして、よろけてしまった。成田が駆け寄って、体を支える。

「おっと……平気？」

「これはこれはどうも。申し訳ない。ど……どろ……。どの……ぐらい眠ってましたか？」

右京は足元ばかりか、呂律も覚束なかった。

「ほんの小一時間だよ」

音羽が答えると、禾怜が嬉しそうに持ちかけた。

「どうせ明日の朝にならなきゃ帰れないんだし、気にせずゆっくりしなよ。まだ来たばっかりじゃない」

「パーティーの続きしよう」三河が同調する。

「いや……」

「遠慮はなし。さあ」

「そう。楽しまなきゃ」

成田と禾怜に促され、右京は部屋の一角に導かれた。テーブルの上に簡単な食事と飲み物が用意されていた。勧められるままに飲み食いするうちに、右京は無性に気分が高揚してきた。訳もなく愉快になり、勝手に笑いがこみあげてくる。

「あなたのお召し物、とにかくゴージャス。とってもお似合いですよ」

隣に座った禾怜に話しかける。

「そう？　ありがとう」

「It's my pleasure」と受けてはひとしきり笑い、右京は「お目にかかれて光栄です、僕」と禾怜に頭を下げる。

「わたしもよ」

「Oh, great!」右京はテーブルの向こうの三人に視線を転じた。「あなた方は姫の家来ですね。背びれと、胸びれと、尾びれが、動かぬ証拠！」

右京にはこの〈信頼と友好の館〉の一室が竜宮城に見えているようだった。しかし、この部屋には豪華な調度品もないし、禾怜の服装だって普段着に過ぎなかった。

ご機嫌な右京のようすを見ていた音羽が成田に小声で訊いた。

「なに見てんだろうね？」

「時を忘れる楽しい夢さ」

右京にはふたりの会話は聞こえず、手を叩いて声高に笑っていた。


しばらくして三河は男部屋に戻った。かつて娯楽室だった部屋に五台のベッドを持ち込み、男たちはこの部屋で寝起きしていた。

三河は、部屋にいた播磨と松嶋に不安を伝えた。

「やっぱりやばくねえか？」

「だよな」播磨がすぐに同意した。「始末なんて簡単に言うけどさ。捜索者まで現れたし」

松嶋はいらいらしていた。

「おまけにミナの親父まで押しかけてきてるんじゃ、どうにも身動き取れんべや」

「俺、抜けようかな……」三河が思いを口にする。「だって、人殺しなんて……話、違うだろ」

そのとき部屋のドアが開き、甘村井が無言で入ってきた。

それまでソファに座っていた松嶋が腰を浮かせた。

「おやっさん……どうした？」

甘村井が深刻な顔をして言った。

「あの男を呼んだのは……」


役場での情報収集を終えた亘は喫茶店に入り、海を見下ろすテラス席でコーヒーを飲みながら、パンフレットを読んでいた。

そこへ喫茶店のマスターがポットを片手に近づいてきた。

「お代わり、どうです？」

「遠慮なく」

マスターはコーヒーをカップに注ぎながら、「観光で来たんですか？」と訊いた。

「なかなかユニークな島、みたいですね」

突然マスターが亘に顔を近づけた。

「お客さん、旅行(トリップ)ついでに幻覚体験(トリップ)してみるかい？」

「はっ？」

マスターがエプロンのポケットから小さなポリ袋を取り出す。中にはなにかの粉末が入っていた。

「旅行ついでに、めくるめく夢でも見てみるかいってこと。これね、コーヒーに入れて飲んでみてやって。たちどころに幸せになれますよ。あっ、法に触れるようなやばいブツじゃないから安心して。島に生えてるロシアンルーレットっていう、キノコの粉末」

「ロシアンルーレット……」

「正式名は知らんけど、元はロシアから渡ってきたから、そういうふうに呼んでるみたいだけど。試してみるかい？」

マスターが小袋を差し出したとき、亘のスマホが振動した。

「あっ、ちょっとすみません」

青木からメールの着信があった。画面を開くと、写真が添付されていた。自衛官の制服を着用した岩田ミナの父親の写真だった。

「ビンゴ。そう、この男。さすが青木くん、仕事が早い」

――陸海空合わせて、自衛官が何人いると思ってるんですか？　二十二万人余りですよ。その中から性別は男、年齢は中年、名字は岩田、そしてめっぽう強い……。まるで子供の使いみたいな手がかりで探し出せなんて、少しは自分の幼稚なオーダーを恥じたらどうですか？

「ご託はいいから早くしろ」

——まあ、僕にかかれば、それでもお茶の子さいさいですけどね。陸上自衛官、フルネームは岩田純。年齢は五十八歳、階級は陸将補。めっぽう強いはずですよ。かつては特殊作戦群所属のレンジャーですから。今は現場を離れて、陸上幕僚監部の作戦部長です。

亘は民宿〈てんれい〉に宿を取った。こぢんまりとした外観の宿の玄関の戸を開くと、女将が「お待ちしておりました」と迎え入れてくれた。

「お世話になります」

「どうぞ、こちらになります」

女将に従って用意された部屋に行く途中、小さなラウンジの椅子に岩田が腰かけていた。たまたま同じ宿になったようだった。因縁のある相手の登場に、岩田は驚いたようだった。

亘は目配せをし、岩田とともに庭に出た。先に口を開いたのは岩田だった。

「手荒なまねして申し訳なかった」

「迂闊に手を出した俺が悪いんです、岩田陸将補」いきなり名前と階級で呼ばれて眉をひそめる岩田に、亘は警察手帳をかざした。「こっちもちゃんと名乗ります。警視庁の冠城です」

「警視庁？　管轄外のこの島でなにを？」

「誤解されたら困るから言いますと、野暮用で島に来てるだけで……。捜査だのそういうことではなくて」

「ああ、そう」

「とはいえ、さっきみたいなのに出くわすと、好奇心をくすぐられてしまうのは警察官の性ですかね。あれこれ調べなきゃ、気が済まないもんで」

「で、俺のことも調べた……」

亘は右手の親指と人差し指を近づけてかざし、「チラッと。〈信頼と友好の館〉についてリサーチしましたけど、あそこが新興宗教ってのは誤解だと思いますけど」

「ん？」

訝しげな岩田に、亘が説明する。

「そう思われてるって聞きましたが」

「娘がそう言いましたか」岩田が苦笑した。

「お節介は百も承知で申し上げれば、お嬢さんもう大人なんだから、父親の意のままにはならないんじゃありませんか？」

同じ日、洞爺湖畔に建つリゾートホテルでは、環太平洋防衛・警察相会議に向けて準備が進められていた。近くの展示場では防衛装備品見本市が会議と同時に開催される予定だった。

　元衆議院議員の片山雛子（かたやまひなこ）が準備の進む展示場を下見に訪れていた。その隣には、一見ラフな格好のように見えて実は金のかかった衣装をさりげなく着た四十代半ばくらいの男がいた。雛子が男に向かって言った。

「連戦連敗。これをなんとかしないと。国際会議と同時開催のこの見本市は、大きなチャンスよ」

　男は桂川宗佐（かつらがわそうすけ）という名で、見本市を主催する〈防衛技術振興協会〉の副会長だった。桂川はまた民生用・軍事用の両方に使えるデュアルユースの技術開発をおこなうベンチャー企業の社長でもある。

「長年の束縛を思えば、まだ緒（しょ）に就いたばかりですよ。焦りは禁物です」

「わたし、せっかちなの。おまけに負けず嫌い」

　思わず苦笑する桂川に、雛子が確認する。

「新たな第一歩でしょ？」

「ええ。防衛装備移転三原則の制定で、日本は新たな局面を迎えています」

「盛り上げていかないと」

「しかし、まだまだ武器輸出にはアレルギーがある。国民にも産業界にも……」

雛子は展示場のスクリーン前の座席に腰かけた。

「武器なんていうと、どうしてもミサイルや戦車みたいな軍事兵器を思い浮かべてしまうものね」

「ええ」桂川が同意を示す。

「でも、我々のやろうとしているのはデュアルユース技術の輸出。軍事衛星のおかげで、日々、GPSの恩恵に与りながら、軍事技術はけしからんなんてナンセンスだわ」

桂川が、雛子の座るシートの背もたれに寄りかかる。

「さすが片山先生。ただひとつ懸念するのは、あまりこの方面で目立った動きや発言をなさると、議員返り咲きが遠のくのではないかと……」

「そうね。票に結びつかないどころか、減らしかねないナーバスでデンジャラスな分野だものね」

「我々としては、なんとしても先生に返り咲いていただきたいので」

雛子が桂川のことばを途中で遮った。

「言ったでしょ。わたし、負けず嫌いなの。選挙も出るからには勝つわ。それに、不殺生戒に縛られている比丘尼が、あえてこの分野を推進することで、世間の蒙を啓きたいのよ。少なくとも、選挙で不利だからって、本音を隠すような卑怯な代議士にはなりたくないの」

雛子は現在出家をしており、妙春（みょうしゅん）という名の尼僧でもあった。

夕刻、亘は天礼島の海岸で漂着物を調べていた。打ち上げられた洗剤の容器を拾い上げてしげしげと見つめていると、だしぬけに話しかけられた。

「ここら辺りは、ロシアの生活ゴミなんかがよく上がるんですよ。こんにちは」

振り返ると、アウトドアウェアに身を包んだ、真面目そうな中年男性が立っていた。

「あっ、こんにちは。たしかにロシア製品みたいですね」

「基本的には、無害な漂着物ですけど。旧ソ連邦が崩壊した頃は、この島も戦々恐々としたそうですよ。とんでもないもんが流れ着くんじゃないかって。核廃棄物や毒ガスが日本海に投棄されて問題になったこと、覚えてませんか？」

「ああ……旧ソ連邦軍事兵器関連のね」

「量は低いとはいえ、放射線を帯びた作業用手袋、帽子、服なんかが金属製コンテナに入れられて捨てられたそうですが、いつ何時（なんどき）、コンテナが破損して中身が漂流するか、わかりませんからねえ。もっともそんな懸念もたちまち風化してしまいましたけど。ちなみにこの島には観光で？」

男がいきなり話題を変えた。亘はやや戸惑いつつ、「あっ、いえ」と返した。

「ですよね。観光客には見えない」

たしかにダークスーツに革靴の亘は、観光客らしからぬ格好に違いない。

「それはお互いさまです」

男は愉快そうに声を出して笑うと、自己紹介した。

「私、こう見えて大学で教鞭を執（と）ってるんですよ。〈北海（ほっかい）大学〉海洋生物学部です。猿若（さるわか）といいます」

「大学の先生で……」

「そうも見えないでしょう」

猿若はそう言ってまた笑ったが、これでもれっきとした准教授ということだった。猿若は海のほうに目を転じた。

「いや、実はね、数年来、ここでアザラシの死骸の漂着が頻発していましてね」

「アザラシの死骸……」

「それも、ただの死骸じゃなくて、腹を引き裂かれてたり、頭部や四肢が切断されてバラバラだったり……」

「まるで猟奇殺人ですね」

亘が漏らした警察官らしい感想に、猿若が食いついた。

「あなたでふたり目ですよ。この異常事態についてはこれまでいろんな人に話をしてきました。それこそ海上保安庁や水産庁の役人をはじめ、家族、友人、知人を含めると、延べで百人は下りません。ですが、その中でこの事態を猟奇殺人にたとえたのは、あなたともうひとりだけ。ちょっとユニークな方でね。ロンドンから帰ってくるとき、たまたま席が隣り合わせになったんですけど、長の搭乗の慰みに、この海岸の異常事態の話をしたらば、『それはまるで猟奇殺人のようですね』と」

ロンドンという地名に、今度は亘が食いついた。

「それって……いつのことです？」

「ええ、ごく最近ですよ。一週間ほど前かな」

「そのユニークな人は、この海岸に興味を持ったようすでしたか？」

「興味を持ったどころか、あなた、さっそく、その場で島について調べはじめましたよ」

亘はいかにも右京らしいと思った。

「最近は飛行機の中でもＷｉ－Ｆｉが使えますもんね」

「ええ。そればかりか、なんと帰国後、実際にこの島に来たそうですよ。ところが、来たのはいいけど、行方不明になっちゃっているらしくて」

猿若はここへ来る前に〈信頼と友好の館〉に寄り、掲示板に件のロンドン帰りの男の写真が貼ってあったと亘に打ち明けた。

「〈信頼と友好の館〉、行かれたんですか」

「ええ。島に来ると必ず顔を出しています。なにしろアザラシの死骸の漂着を監視してもらっていますから」

「監視？」亘が訊き返す。

「定期的にこの海岸をパトロールしてもらって、死骸があがると、報告をもらっているんです。私は普段は札幌ですから」

「それじゃあ、この数年ちょくちょく？」

「ですね」


その夜、右京は〈信頼と友好の館〉の年代物のベッドで眠りについていた。眠りが浅いのか、右京は夢を見ていた。

夜中、懐中電灯で照らして天礼島の海岸を歩いていると、アザラシの死骸を見つけた。死骸を調べようとしゃがんだところ、突然懐中電灯の光に照らされた。相手の姿は暗闇の中にありわからなかったが、懐中電灯の光は七つあった……。

同じ頃、亘は〈信頼と友好の館〉を訪れた。敷地内に灯りのひとつも見えないのに戸惑っていると、館のほうから歩いてくる足音が聞こえてきた。門の陰で見張っていると、近づいてきたのは岩田だった。

「あなたもいらっしゃってたんですね」

　岩田は一瞬驚いたようだったが、すぐに普段の顔に戻った。

「留守みたいだな」

「ここは夜、誰もいなくなるんですね」

「いや……みんな住み込みで、ここで共同生活をしてるって聞いてる」

「なのに今夜は留守。灯りひとつない。どうしたんでしょう？」

「さあね。引っくくってでも連れ戻そうと思って来たんだが、当てが外れた……」岩田はそのまま立ち去ろうとしたが、少し歩いたところで振り返った。「ああ、野暮用って言ってたけど、どんな用？　こんな夜中にあんたもずいぶんしつこいじゃないか」

　亘が曖昧(あいまい)な笑みを浮かべるだけで答えなかったので、岩田はそのまま去っていった。

三

　翌朝、部屋に差し込む朝日で目覚めた右京は、少し頭が重いと感じた。上体を起こし、ややふらつきながらベッドから下りた。ベッドサイドに置いてあった眼鏡をかけて鏡を見ると、見覚えのないネグリジェを着ているのに気づいた。

　ひと通り部屋を見回してから廊下に出る。建物の造りを見ると古いホテルのようだったが、どこにも人の姿がない。右京はあれこれ探し回った末に事務所に入った。掲示板

に自分の写真が貼られているのに不審を覚えながら部屋の奥に進む。そこに横たわるものを見て驚いた。

先日間違えて亘を取り押さえた警察官、大西玲二に呼び出された亘は、移動手段がないので全速力でダッシュして〈信頼と友好の館〉にたどり着いた。

「ご連絡どうも。中ですか？」

「ええ」

大西がうなずいたのを確認し、亘は急いで建物の中に入ろうとした。それを大西が引き留める。

「ちょちょちょちょ……。念のため警察手帳を」

亘が無言で警察手帳を掲げると、大西は「こちらです。どうぞ」と建物の中へ誘導した。大西が案内したのは、応接間だった。ソファにはいまだネグリジェ姿の右京が座っていた。

飛び込んできて安堵の息をつく亘を認めて、右京が立ち上がった。

「やあ！　まさか君がこの島にいるとは思いませんでした。身分を証明するものがなにもないものですからね。とにかく君に連絡してもらったところ、近くにいるのですぐ駆けつけてくると聞いて、驚きました」

大西は亘を示しながら、「私も、こちらが警視庁の方だと聞いてびっくりしましたよ。正直、今の今まで半信半疑……。ああ……昨日はどうも失礼しました」

「こちらこそ」亘は大西に言ってから、右京のほうに向き直った。「それよりその格好、よくお似合いですが、今の今までどこでなにをしてたんですか？」

「竜宮城で、めくるめくひとときを過ごしていました」右京は妙に楽しかった先日の禾怜との会話を思い出していた。「ほんのひと晩、過ごしたつもりだったのですがね、さっき一週間以上経過していたことを知って驚きました。確認ですが、今日は本当に十月八日ですか？」

「あの……マジで訊いてます？」

呆れる亘に、大西が説明する。

「たぶん、ロシアンルーレット盛られたんだと思います」

「ああ……トリップしちゃうっていうキノコ」

「そのせいで、一時的に見当識に障害が……。本当はあのキノコ、効く人と効かん人がいて、効く人にはめっぽう効くけど、効かん人にはなんじゃこれって代物なんです。したから、ロシアンルーレットなんて言われてるんだわ」

「なるほど」

「感受性の強い人にはよく効く、なんて言われてます」

右京が大西の説明をそのまま引用する。

「持ち前の感受性のせいで、僕は竜宮城を体験するはめになりましたが、一週間程度のタイムスリップで済んでよかったです。本家本元のように何十年も歳月が過ぎてしまっていたら、目も当てられません。もう二度と君とも会えなかったでしょうしね」呆れてものも言えないようすの亘には構わず、右京は大西に願い出た。「冠城くんも来たことですし、向こうの部屋、駄目ですかね？」

「駄目ですよ！」大西が言下に否定する。「稚内中央署の応援が来るまで、現場保存してるんだから」

「現場保存？」

聞き慣れた単語に亘が興味を示す。

「あなただって、どうやら間違いなく警視庁の人だってわかったに過ぎないですからね。こう言っちゃなんだけど、第一発見者が犯人って結構あるでしょ。あなたを部屋に入れて、証拠隠滅のために現場荒らされちゃったりでもしたら、私、困りますから！」

「あの……第一発見者って？」

「僕です」と右京。

「つまり、犯人かもしれん」

右京と大西の会話が、亘にはいまひとつ理解できなかった。

「さっきから、現場保存とか証拠隠滅とか第一発見者とか犯人とか、どう考えても殺人事件が発生してるとしか思えないんですが」

「ご名答。隣の部屋に……」

右京が答えた瞬間、隣の事務所から女性の悲鳴が聞こえた。大西が慌てて飛び込み、右京と亘も続いた。事務所では岩田ミナが腰を抜かしてへたり込んでおり、その視線の先には甘村井留加の遺体が転がっていた。

大西が駆け寄って、ミナを労るように立たせた。

「ミナさん、いたのかい。とにかく、ここは保存中だから」

三人はミナを応接間に連れていき、甘村井を殺した犯人に心当たりがないか聞いた。するとミナは意外な名前を口にした。

それを聞いた亘が「パパが?」と確認すると、ミナははっきりとうなずいた。

「いくらなんだって、人殺しは……」

亘は否定したが、ミナは信じ込んでいた。

「あたしの奪還のためなら、やりかねません」

右京が口を挟む。

「しかし殺害の仕方が、とても素人とは思えませんがねえ。なにしろ素手です。首をひねって。おそらく一撃でしょう」

大西が聞き咎めた。

「あなた、遺体を勝手に調べたのか？」

「調べたりしてませんよ。通報後、あなたがお越しになるまでの間、遠慮がちに観察していただけ。遺体にいっさい手は触れていません」右京は平然と大西に言い返すと、話を戻した。「素手で人を殺すのは、言うほどたやすくありませんよ。妙な言い方ですが、素人には骨の折れる仕事です」

するとミナが硬い表情で言った。

「父は殺しのプロです」

「はい？」

「彼女のお父さん、元特殊作戦群のレンジャー隊員なんです」亘は右京に説明してから、ミナをたしなめた。「だからって、殺しのプロはないだろう」

しかしミナは譲らなかった。

「肉体を極限まで鍛え上げて、人殺しの技術を学び、殺傷兵器を身につける。それが父です」

「なるほど」

事情を理解して、右京がうなずく。

「昨夜、パパは性懲(しょうこ)りもなく、君を連れ戻しに来たってことだよね？」

亘が訊くと、ミナは「ええ」とうなずき、昨夜のできごとを次のように語った。

岩田純は昨日の昼に思わぬ邪魔が入って失敗したせいか、鬼のような形相でミナを連れ戻しに来たという。それに対して、甘村井は住居侵入で通報すると脅したが、岩田はまったく聞く耳を持たず、「ひとの娘をたぶらかしておいて、偉そうなことを言うな！」と相手にしなかった。怒り狂った岩田は、まるで手がつけられないようすだった。

ミナたちはその騒動を陰でうかがっていた。成田たち仲間が、とにかくここは甘村井に任せて逃げたほうがいいと勧めるので、ミナは仕方なく逃げ出したのだった。

話を聞いた右京がミナに質問した。

「ちなみに脱出したあなたは、ひと晩どちらにいらっしゃったんですか？」

「崖下の小屋に」

「小屋？」

「ええ。古い漁師小屋です」

「見てみたくありませんか？」右京は亘を誘ってから、ミナに向き直った。「よろしいですか？　案内していただいても」

「ええ、それは構いませんけど……」

「善は急げ。参りましょう」

さっそく応接間を出ていこうとする右京を大西が止めた。

「いやいや……行くんですか？」

「あっ、隣の部屋はお任せします。応援が到着したら、しっかり遺体を調べるよう伝えてください。なにしろ僕のは目視なので、確実なことはなにもわかりませんから。よろしく」

「いやいやいや……。あなたどういう立場で、ものを言ってるんですか。あなたの嫌疑、まだ晴れたわけじゃないんですから。ふらふら出歩かれちゃ、私が困ります！」

右京のマイペースぶりに大西が難色を示す。しかし右京は少しも動じなかった。

「ああ、ならば、あなたもご一緒に。監視付きなら、多少のふらふら、大目に見てくださいますよね。さあ、行きましょう！」

毒気に当てられたような大西を尻目に、右京はすたすたと歩きはじめた。亘とミナが呆れながら続こうとすると、右京が唐突に立ち止まり、両手を開いてネグリジェをミナに見せつけた。

「すっかり忘れてました。これはこれで気に入ってるのですが、僕のスーツ、どこにあるか、ご存じありませんか？」

ミナは速やかに右京にスーツを返却した。右京が衝立（ついたて）の陰で着替えている間、亘がミナを問い詰めた。

「あっ、そうだ。俺も忘れてた。殺人事件とは別件で、君に訊きたいことがある。俺が昨日ここを訪ねたとき、とぼけたのはどうして？　俺、写真まで見せて、心当たりないか訊いたよね？　そしたら、みんなして知らないって嘘ついて……。そればかりか、ご丁寧に写真をプリントアウトして壁に貼り出すなんて、手の込んだまねをして」

「なるほど」右京が着替えながら会話に参加する。「あの写真はそういう経緯(いきさつ)でしたか。遺体の発見以上に、あれには面食らいましたよ。まるでお尋ね者ですからねえ」

「納得のいく説明してもらえるかな？」

亘が迫ると、ミナは渋々答えた。

「普通の状態じゃなかったから、引き合わせるのには躊躇(ちゅうちょ)があったんです」

「ロシアンルーレット？」

ミナが衝立に向かって頭を下げた。

「本当にごめんなさい。面白いようにトリップなさるから、みんな悪ノリしちゃって……」

「海岸で皆さんとお目にかかって……」

右京があの夜、アザラシの死骸を発見したあとのことを語った。七つの懐中電灯の光に照らされたが、それはミナとその仲間の六人の若者たちだった。若者たちは、〈北海大学〉の猿若准教授に頼まれて、アザラシの死骸の漂着を監視していると説明した。右京はアザラシの腹部に外科手術でもしたかのような縫合の痕跡を認めていたので、自然死したものではなさそうだという見解を述べたところ、若者たちは死骸を回収して猿若に報告に行くので、よかったら一緒にどうかと右京を誘った。右京が連れていかれたのは〈信頼と友好の館〉で、そこで甘村井の主催する夕食会に参加したのだった。

「……夕食までご馳走になりましたが、まさかご馳走にそんな爆弾が仕掛けられているとは、夢にも思いませんでしたよ」

「ほんのいたずらで、ロシアンルーレット使ったら、とうとう一週間も引き留めることになっちゃって……下手したら訴えられてもおかしくない状況ですし、あの場でここにいますよとは言えなかったんです」

ミナの説明を聞いて、亘が諭した。

「たしかに正常な判断力を奪って居続けさせたら、立派な監禁だからね」

「すみません」

ミナが亘に深々と頭を下げたとき、右京がいつもの通り一分の隙もないスーツ姿で衝立の陰から登場した。

「お待たせしました。僕の携帯知りませんかね？　たしか、ここに入ってたはずなんですが」

スーツのポケットを示しながらミナに問いかける右京の前に、亘がスマホを差し出した。

「これですね」

「あっ、それです。驚きました。いつの間に？　まるで手品のようですねえ。なるほど。これが手がかりとなって、君はここへたどり着いたわけですね。もっとも、どういう具合でポケットの携帯が君の手に渡ったのか、具体的な経緯は見当もつきませんが」

「説明します」

「お願いします。道々」

右京はさっそく先頭に立って歩きはじめた。

四人で崖下へ向かう道中、亘から事情を聴いた右京は「潮流ですか……」とつぶやいた。

「ええ。そこから割り出すなんて、なかなか気が利いてるでしょ」

亘の声には少しだけ自慢の響きが混じっていた。右京はそれについては特にコメントせず、別の意見を述べた。

「潮流は曲者(くせもの)です。この島の海岸にアザラシの死骸の漂着が頻発したことも、潮流と無関係ではありませんからねえ」

やがて四人は崖下の小屋に到着した。元は漁師小屋だったというが、板壁はほとんどなくなってしまっており、屋根も布製のシートで葺かれている。中央に置かれたテーブルの上にはランタンやコンロなど雑多なキャンプ用品が載っていた。小屋の外に天体望遠鏡が据えられているのが意外な印象だった。

「秘密基地みたいだね」

亘が素直な感想を述べると、ミナは望遠鏡のそばに移動した。

「天体観測で使ってる場所なんです。東京じゃ考えられないくらい、満天の星ですよ」

右京がテーブルに置いてあった双眼鏡を手に取り、海に向けて覗いた。

「軍用の双眼鏡ですねえ。レティクルが入ってます」

亘は右京が口にした専門用語を知らなかった。

「なんですか、それ？」

「相手までの距離や対象物の大きさを測る目盛りです」と、右京が双眼鏡を亘に渡す。

亘が覗いてみると、双眼鏡の視野の中に照準を合わせる十字線や目盛りが見えた。

「ああ、これね」

「ロシア製のようですねえ」

右京がミナに確認する。

「この島でロシアのものは珍しくないですよ」

「なるほど」右京が右手の人差し指を立てた。「ところで、ひとつよろしいですか？」

「はい」

「大海原を旅し、このたび無事持ち主に戻ったこの携帯なんですが、誰が海に流してくれたのでしょう？　皆さんは僕をいたずら気分で館に引き留めたということですが、それをけしからんと思う方がいらっしゃった。だから、僕のことを外に知らせようとしてくれた。これを使って。そういうことですよね？」

右京がスマホを掲げると、亘が同意した。

「箱詰めの上、防水処理までして流したわけですから、そういうことで間違いないと思います。まあ、それにしても誰がこんな手の込んだことを……」

「ええ。なにしろ配送経路は海ですからねえ。しっかり潮流を見極めて流さないと、日本列島に漂着しない可能性もあります。まかり間違ってロシアに着いたんじゃ、意味をなしませんよ」右京はミナのほうを向いた。「普通に考えて、外に知らせるならば、もっと手っ取り早い簡単な方法があります。しかるべきところに通報すればいい。ところが、そうはしなかった。それはなぜか。その解答を僕なりに導き出すと、こうなります。その人物は、みんなの意向に表立って逆らえないが、同調もできない。そこでこんな手段に出た。確実性は高くはありませんが、なにもしないよりはマシ。まあ、穏便な裏切りと呼べるかもしれませんねえ。いったい誰が僕の身を案じて、仲間を穏便に裏切ってくださったのか。あなた知りません？」

ミナはしばらくためらったあと、「あたしです」と答えた。

「あなたでしたか」

「いたずらにしては、ちょっと度が過ぎてたから……。でも、それで実際どうこうなるなんて思ってなくて、正直、気休めでした。良心の呵責を和らげるためにしたに過ぎません。だから、まさか捜しに来る人がいるなんて……本当に驚きました」

ミナの打ち明け話を聞いた亘が、突然話題を変えた。

「お茶、したくありません？」

「はい？」

戸惑う右京をよそに、亘はミナに強引に頼み込んだ。

「ご馳走してください。淹れられるでしょ？　海を臨む小屋でコーヒーブレイク。ああ、乙ですね」

しばらくしてミナがコーヒーを淹れ、使い捨てのPETカップに注いで、右京と亘に提供した。そのようすを眺めていた大西がついに痺れを切らした。

「あの、まだかかるんですか？」

「あっ、せっかくですからご一緒にコーヒー、いかがですか？」

右京が誘っても、大西は乗ってこなかった。

「いいです。適当に切り上げてくださいよ」

三人がコーヒーブレイクを楽しんでいると、空からヘリコプターのローター音が聞こえてきた。それを聞いた右京が言った。

「第一陣が到着したようですねえ。ところで、ミナさん、〈信頼と友好の館〉を案内していただけませんかねえ」

「えっ、かまいませんけど……」

「では、大西さんの許可をもらいましょう」

大西は浜辺で空を見上げていた。右京がミナとともに浜へ移動した隙を見計らって、亘はミナが飲んだＰＥＴカップを回収し、ハンカチに包(くる)んで潰してからポケットに入れた。

亘が右京のもとに駆け寄ったとき、大西は泣き言の最中だった。

「勘弁してくださいよ」

「捜査のお邪魔はしませんので」と右京。

「館をうろうろすること自体、立派に邪魔ですから」

右京はなかなか引かなかった。

「館内をご案内しましょうかって言ってくださったものですからね。おことばに甘えようかと」

大西がミナを諭す。

「あのね、この人、観光客じゃないんだわ。話を聞く限り、あんたのお父さんももちろん怪しいんだけど、こちらだってまだ完璧にシロってわけじゃないんだからね」

大西を先頭に一行が〈信頼と友好の館〉に戻ったとき、すでに稚内中央署の捜査員たちが捜査を開始していた。大西が裏口から館内に入り、右京とミナが続く。このとき、大西はひとり足りないことに気づいた。

「あれ？　冠城さんは？」

事務所では現場写真の撮影や指紋採取などの鑑識捜査がおこなわれていた。亘は大西たちから離れたあと、すばやく事務所の外に回り込んだ。そして、窓ガラスを叩いて鑑識員の注意を惹いた。ひとりの鑑識員が顔を上げたところで、窓を開けてくれるよう身振りで伝えた。

木埜實平（きのじっぺい）という実直そうな鑑識員が窓を開けると、亘は警察手帳を掲げた。

「怪しい登場の仕方だけど、決して怪しい者じゃありません。警視庁の冠城です」

「警視庁……なんで？」

木埜が戸惑うのも無理はなかったが、亘はさらに相手を戸惑わせる行動に出た。

「この指紋も、ついでにサクッと採取してもらえませんかね？」

ハンカチに包まれた潰れたPETカップを差し出され、木埜は困った顔になった。

右京と大西は、ミナに館内を案内してもらっていた。ミナは広くて殺風景な空間にふたりを誘った。床面の大部分が一メートルほど低くなっている。

「ここが昔、プールがあったところです」

大西はプールのことより、亘がいなくなったことのほうを気にしていた。

「絶対おふたり、北海道警、馬鹿にしてますよね？」

「そんなことありませんよ」

右京はすぐに否定したが、大西の怒りは収まらなかった。

「してるべさ！　してなきゃこんな他人様の庭、土足で踏み荒らすみたいなまね……ここは道警の縄張りですからね」

「冠城くんの身勝手な行動については、僕からもお詫びしますので、どうか機嫌直してくださいな」

「集団行動取れんなんて、警察官失格だわ！」

大西が癇癪玉を爆発させた。

「僕からもあとで強く、強く叱っておきます」

続いてミナはいくつかのテーブルが置かれた広間にふたりを案内した。一角にはオルガンやギターなどの楽器類が置かれ、反対側にはサンドバッグが吊るされていた。壁際には一般書や児童書、雑誌などが収まった書架があり、ひとつのテーブルの上にはチェス盤が置かれていた。

「集会室です。島の方々がいろんな発表会をしたり、自由に来て、くつろいだりできる場所」

「なるほど」

右京は雑然とした室内をスキャンするように目を走らせ、奥に立てられた衝立の裏側を覗き込んだ。右京の顔色が微妙に変わったのに気づいたミナが声をかける。

「どうしました？」

「この方々はお仲間ですよね？」

「えっ？」

ミナも近寄って衝立の裏に視線を投じた。そして息を呑む。松嶋至と播磨長吉が折り重なるようにして横たわっていた。すでに息がないことは一目瞭然だった。

大西が慌てて駆け寄ったとき、右京は床に這（は）いつくばるようにして、ふたりの遺体を検（あらた）めていた。

「さ……触っちゃ駄目！　そのまま……」

「見てるだけです。ご安心を。目視のみですので、確実ではありませんが、こちらも一撃のようですね」

右京の見立てを聞いて、ミナが顔を曇らせた。

「父が……？」

「あなたの証言から考えれば、甘村井さん同様、お父上の犠牲になった可能性は大いにありますねえ」右京はそっけなく言い放つと、大西に皮肉をぶつける。「ああ、無論、まだ僕の仕業という可能性も。承知していますよ。しかしこうなると、館の中をつぶさに見たほうがいいかもしれませんねえ。まだ犠牲者がいるかもしれない」

三人は館の中をひと通り見て回り、最後に厨房（ちゅうぼう）にたどり着いた。

「いやあ、こうやって見るとやたら広いな、この館は。でももう大方、終わりましたよね？」

大西のことばにミナが「はい」とうなずく。

「まあ、他に見つからなくてなにより。遺体はさっきので打ち止めと願いたいです」

大西が本音を漏らす間にも、右京は室内をスキャンし続け、大型シンク下の収納スペースの引き戸になにか布切れのようなものが挟まっているのを発見した。右京は足早に近づくと、その引き戸を開けた。

次の瞬間、そこに隠れていた橘禾怜が絶叫とともに飛び出してきた。ミナが抱き止めて落ち着かせようとしたが、パニック状態に陥った禾怜は大声で叫び続けるばかりだった。右京が禾怜の目を見て、「落ち着きなさい！」と一喝した。それでようやく禾怜は正気を取り戻した。

「ハナ……わかる？」

ミナは禾怜のことをハナと呼んだ。

「ミナーっ！　怖かったよ……！」

ミナに抱きついて泣きはじめた禾怜に、ミナが訊いた。

「なにがあったの？」

「親父さんだよ。あんたが逃げ出したあと、あんたの親父さんが……」

禾怜が事の顚末を語った。


ミナが逃げたあと、岩田純は甘村井にミナの居場所を問い質したという。しかし、甘村井は、どこにも隠していないと突っぱねた。これで岩田の怒りが爆発した。甘村井は岩田に締め上げられているらしく、苦しげにうめく声が聞こえた。やがてその声もしなくなった。

岩田が事務所の中に入っていく足音が聞こえた。ロビーで息を潜めていた六人の若者がそっと覗いてみると、甘村井が引きずられていくのが見えた。さらに追いかけるべきかどうか迷っていると、憤怒の表情の岩田が突然現れた。

「貴様ら、ミナをどこへやった?」

怒鳴りつけられ、若者たちは度を失った。真っ先に松嶋と播磨が逃げ出した。

岩田がふたりを追っていったのを確認した残り四人は、事務所へ行き甘村井の死亡を確認した。救急車を呼ぶべきか、駐在に電話すべきか迷っていると、やがて岩田が戻ってきた。

「死にたくなければ、ミナの居場所を言え。ミナはどこだ?」

岩田の恫喝(どうかつ)に、禾怜は生きた心地がしなかった。そのとき三河大悟が禾怜の手を引き、駆け出した。禾怜は逃げながら、成田藤一郎と音羽暁が逆のほうにダッシュするのを確認した。

岩田は一瞬迷った後、三河と禾怜を追ってきた。三河は厨房に飛び込むと、どこか隠れられる場所がないか探り、シンク下の収納スペースを見つけた。

「ハナ、こっち。隠れろ。静かにしてろ」

「あんたは?」

「俺もどこかに隠れる」

三河がそう言って引き戸を閉めた直後、岩田の足音が聞こえてきた。三河と岩田の言い合いがはじまった。

——ミナはここにはいないよ。

——どこだ？

——知らない！

——言え！　どこだ！

禾怜が暗闇の中で息を殺していると、頭上からドシンドシンともの凄い音が聞こえてきた。三河のうめき声が混じり、禾怜が身を隠している狭い収納スペースが地震のように揺れた。どうやら岩田が三河の頭をシンクに叩きつけているようだった。

禾怜は声を押し殺して泣いた。そのうち、バキッと嫌な音がして、だしぬけに静寂が訪れた。いつしか禾怜は気を失っていた……。

話を聞いた右京が確認する。

「岩田さんが殺戮を繰り広げた……。そういうことですね？」

禾怜がうなずくと、ミナが感情を殺した声で告げた。

「マッチとハリーも殺されてた……」

マッチは松嶋の、ハリーは播磨の愛称だった。

「嘘……」

呆然とする禾怜に、ミナが愛称を使って三河の消息を訊いた。

「カンブツはどこ？」

柱時計の中に隠れて命拾いをした七匹の兄弟の末っ子の子ヤギのように、ずっと収納スペースに潜んでいた禾怜には、答えられない質問だった。禾怜が辺りを見回していると、右京がお得意の推理力を発揮した。

「あなたの証言から推察するに、殺された公算が大きい。が遺体は見当たらない。とするならば、ここら辺りでしょうか」

そう言いながら、大型冷蔵庫のドアを開けた。右京の読み通り、折り畳んで押し込まれていた三河の遺体が転がり出てきた。

「ああーっ‼」

「うわっ！」

禾怜と大西が声をあげる中、右京は冷静に遺体を検分した。

「この方も一撃ですねえ」

「これで四人ですよ、犠牲者」

青ざめた顔の大西の発言を受け、ミナが目を伏せて言った。

「父はもはや壊れた殺戮兵器です」

「あなた、ひと晩ここに？」

右京はシンク下の収納スペースを覗き込み、禾怜に訊いた。

「朝になってるなんて思わなかった」

「はい？」

「ここに隠れてしばらくして気が遠くなって、どれくらい時間が経ったかわからないけど、話し声と足音で気がついて、もの凄い恐怖が込み上げてきて、そしたら突然扉が開いてあなたが……」

「なるほど。あなたの感覚では、ほんの数分、あるいは数十分ほどしか経過していなかったわけですね？　つまり、まだ殺戮の渦中にあると思い込んでいた。先ほどのパニックの意味がわかりました。そういうことであれば、通報はできませんね」

「えっ？」

「あなた、携帯電話お持ちですよね？」

「……持ってます」

　不審そうに答える禾怜に、右京が疑問をぶつけた。

「殺戮の渦中とはいえ、とりあえずでも身を隠すことに成功していたならば、普通、携帯電話で通報しませんか？　それをしていないのが不自然に思ったのですが、できる状態ではなかったということですね」

　答えたのはミナだった。

「いいえ。たとえできる状態だったとしても、携帯での通報は無理です。電波状況が悪くて」

「この部屋の電波が悪い？」

「館中、どこも無理です。高台なもので、この辺一帯」

　右京は亘から返してもらったスマホを取り出し、ミナのことばを確かめた。

「そうでしたか。いや、それで少しほっとしました」

「ほっとした？」

「殺戮のおこなわれる前に館を脱出したあなたは除外するとして、殺害された四名とこの中で気絶していた一名を除く、あとのお仲間のおふたり、実はおふたりとも絶望的だと思っていたんですよ。通報がいっさいなかったということは、そう考えざるを得ないじゃありませんか。しかし、ここが圏外となれば、まだおふたりとも生存している可能性は十分あるはず。希望が見えてほっとしたということです」


　ヘリコプターで到着した第一陣の捜査員に続き、フェリーで稚内中央署の捜査員たち十人ほどが到着した。

　仮の詰所とした公民館に集まった捜査員たちを前に、班長の鯉川繁喜が声を張った。

「まだ確固たる証拠はなく、連続殺人の容疑が固まったわけではない。あくまで参考人としての任意同行だ。相手は丸腰と思われる。だが、陸自の特殊部隊でしかるべき訓練を受けてきた人物であり、油断はできない。くれぐれも注意を怠るな」

「はい！」

その頃、当の岩田は民宿〈てんれい〉の部屋で、少女時代のミナと一緒に写った写真を眺めながら、五年前にアテネから防衛省の執務室にかかってきた電話を思い出していた。

――もう子供の頃のあたしじゃない。パパの自由にはならないわ。

ミナはそう告げたのだった。

「卒業したらどうするつもりだ？」

――パパには関係ない。

岩田はため息をつき、なんとか娘を翻意させようとした。

「なあ、ミナ。アテネから戻ったら、一度会って話をしないか？」

――えっ、なんのために？

「お前のことが心配なんだよ」

――はあ？　自分の心配しなよ。いつ加害者になるかわかんないんだから。もう切る。

「おい、ミナ？　ミナ！」

いくら呼びかけたところで、電話は切れたあとだった。

岩田の回想を破ったのは、亘の声だった。

「失礼します」

引き戸が開けられ、亘が右京とともに現れた。亘が紹介する。

「こちら、杉下。私の上司です」

「はじめまして」

岩田は写真を隠すようにポケットに押し込み、おもむろに訊いた。

「警視庁がおそろいでどんな御用でしょうか？」

右京が一歩前へ進み出る。

「なんで現れたか、おわかりにならない？」

「ええ、いっこうに」

「昨夜、館の中には入らなかったんですか？」

「昨夜は留守で閉まってたでしょ。館でなにかあったんですか？」

亘が口を開いた。

「まもなく道警稚内中央署の捜査員が現れます。あなたを訪ねて。なんでか、わかりますよね？」

「警察は面白いね。なんでかなんでかって、自分からは頑なに用件を言おうとしない。逮捕のときもそうなんでしょ？　どんな容疑かを先には言わない」

「ええ」右京が認めた。「相手に罪を認めさせるための手法ですね」

「で、俺にどんな罪を認めさせたいんですか？」

「殺人です」

亘の告発に、岩田は一瞬ぎょっとしたが、すぐに笑い飛ばした。

「おとなしく道警の任意同行に応じますか？」

右京が問うと、岩田は首を傾(かし)げた。

「さっぱりわかりませんな。警視庁が道警の先触れですか？」


数十分後、民宿〈てんれい〉に稚内中央署の捜査員たちが詰めかけた。

応対に出た女将に鯉川が詰問(きつもん)口調で訊く。

「稚内中央署です。こっちに岩田純さんがお泊まりですよね？」

「はい」女将は戸惑いながら、「お泊まりでしたが、先ほどご出発になりました」

「ええっ⁉」


数時間後、警視庁の副総監室に、内村と中園の姿があった。中園の報告を聞いた衣笠が訊き返す。

「なにっ？　特命のふたりが被疑者とともに逃亡した？」

「連続殺人の被疑者です」中園が補足した。

「どういうことだ？」

「いや、詳細についてはまだ……」

「ちょっと待て。そいつはつまり、杉下は生きていたということか？」

衣笠の尖った声に、中園は笑顔で「はい」と答えた。

「がっかりです！」

内村が吐き捨てるように言うのを聞き、中園は緩んだ顔を引き締めなおした。

四

その夜、岩田純は港に係留された漁船の甲板に寝転がり、考えごとをしながら夜空を眺めていた。

同じ頃、〈信頼と友好の館〉には懐中電灯を手にした右京と亘の姿があった。

「なにしろこちらは竜宮城から戻ったばかり。なにがなにやらさっぱりの状態ですからねえ。もっと情報が欲しいのですが、館を調べようにも駐在さんはじめ稚内中央署の方々が目を光らせている中では、満足のいく調べなど不可能です」

右京がしようとしていることに、亘が異議を唱える。

「だからって、岩田純を囮に使うなんて反則でしょう」

「警察があの方に気を取られている間は、館の管理はお留守になりますからねえ」

そう言いながら、右京は館へ近づいていく。

亘もあとを追いながら、「そりゃそうでしょう。連続殺人の容疑がかかってるんですから。でもそんな人物を、捜査陣の裏をかくようにして野放しにしちゃうなんて……」

「君が言ったんじゃありませんか。殺戮を繰り広げるような人物とは思えないって」

「出た。必殺責任転嫁」

亘に非難されても、右京は意に介さなかった。館の正面ドアを開け、中に入っていく。

「ともかく岩田陸将補が耳目を引きつけてくれている上に、その安否が気がかりだった二名も無事生存が確認されて、今、岩田ミナさんともども、駐在所で事情聴取を受けていますから、館の住人もいない。すなわち、我々、ここを調べ放題ですよ」

右京が言ったように、成田と音羽は無事に保護されたのだった。


まさにそのとき、警視庁のサイバーセキュリティ対策本部の外の廊下では、青木が亘に電話をかけていた。ところが電話は通じず、おなじみのアナウンスが聞こえてきた。

――この電話は電波の届かない所にあるか、電源が入っていないため、かかり……。

室内から監視するようにこちらを見ている土師の視線に気づいた青木は、忌々しげに通話を切って、席に戻った。

「住居侵入に違法な捜査」

　亘があげつらうと、右京は詭弁を弄した。

「捜査じゃありませんよ。単なる探し物です」

「探し物？」

「どこかに落としたんじゃないかと」

「なにをです？」

「さあ、なににしましょうね」

「えっ？」

「とにかく我々は、館でなくしてしまった僕の物を探して回るだけ。すなわち、捜査などでは決してない」

　上司の屁理屈に呆れた亘が、茶化す。

「探し物、さぞかし見つけにくいものなんでしょうね」

「むろん、こうして留守のお宅を勝手に歩き回るのは、忸怩たるものがありますが、僕もそれがないと困るということで」

「住居侵入も大目に見ろと？」

「その住居侵入についてですが、僕はこの館に一週間も逗留していたんですよ。いわばその延長ですから、そもそも住居侵入にはあたらないという考え方も」

「屁理屈ここに極まれり。さすが杉下右京」

「どうも」

　変わり者の上司は平然と受け流し、探し物を開始した。


　漁船の甲板に寝転がる岩田の脳裏には、少女時代のミナの思い出が去来していた。

　大自然に囲まれたフィールドアスレチックのコースで一緒に遊んだときのこと、ミナは同級生の男子の誰よりも運動神経がよかった。ロープスライダーもなんなくこなしたし、水上に浮かべられた丸太もバランスよく渡った。多くの子供が怖がるような高いところからも平気で飛び降りた。

　あの当時、ミナは「大きくなったらパパみたいになる」と言ってくれた。ゴジラをやっつけるために、一緒に自衛隊で戦うと……。

　感傷的な気分になった岩田をスマホの着信音が現実に引き戻した。ディスプレイには未登録の固定電話の番号が表示されていた。岩田は怪訝な顔で電話に出た。

「もしもし？　もしもし？」

　しかし、相手はなにも言わず、通話はすぐに切れてしまった。

〈信頼と友好の館〉の事務所で固定電話の受話器を戻した右京は、亘に訊いた。

「昨夜、君が岩田さんと出くわしたのは何時頃でしたか?」

「十時を回った頃だと思います」

「そうですか。昨夜九時頃、ここから岩田さんに電話がかけられたようです。今、発信履歴の番号にリダイヤルしたら、岩田さんが出ました」

「誰かが彼に電話したってことですかね?」

「ええ」右京がうなずいた。「殺戮のおこなわれる一時間ほど前に」

「どういうことです?」

「さあ……」

亘の好奇心が頭をもたげたが、さすがの右京もまだ見当はついていないようだった。

右京と亘は続いて、男の若者たちが共同で暮らしていた部屋に入った。五台のベッドが置かれた部屋は、若者たちの衣服や私物で散らかっていた。

「五人で共同生活……。右京さんから見て、どんな連中でした? 彼らは」

「踊りが上手でした」

「ダンス? 今どきの若者ですね」

「舞い踊ってましたよ。もっとも、背びれや胸びれがあったので、僕にはタイやヒラメに見えましたが」右京はとぼけた顔で返すと、テーブルの上に重ねられた何冊かの雑誌の中から『週刊フォトス』を取り上げた。「おや、こんなものが」

「こんなところまで侵食してるとは、『フォトス』も恐るべしですね」

次にふたりはミナと禾怜が生活していた部屋に入った。部屋の広さは男部屋より狭かったが、ベッドは二台だけだったので、広々とした印象だった。部屋の中がすっきり片付いていることがさらにその印象を強めていた。

「さすがに、ここに踏み込むの、気が引けますね……」

亘が躊躇すると、右京も同意した。

「女性二名の部屋ですからねえ」

「令状ありの正式な捜査ならいいけど、俺ら架空の探し物ですしね」

ふたりは遠慮がちに部屋の入り口から懐中電灯で室内を照らした。

「おや……？　あれ」右京の懐中電灯がマガジンラックをとらえた。「一瞬だけ」と言い訳して室内に足を踏み入れ、マガジンラックから雑誌を取り上げた。

「ここにも『フォトス』。しかも、先ほどのと同じ号」

右京は亘とともに集会室へ移動した。書架をひと通り確認して、右京が言った。

「しかし、ここにはありませんね、一冊も。『フォトス』のフォの字もない。雑誌を含めて、本の類いがまとめて置かれているのは、この部屋だけなんですよ。ひょっとして『フォトス』を定期購読でもしているのではないかと思って確認に来たのですが……」

「定期購読してるなら、まず最新号がなきゃおかしいですよね」

亘の主張を右京が認める。

「おっしゃる通り。つまり、この館の『フォトス』は二冊きりということになりますね」

「それも同じ号。二年前のやつ」

「気になりますねえ……」

ふたりは二冊の『週刊フォトス』を一ページずつめくりはじめた。

「あっ！」

亘がページをめくる手を止めた。そこには代議士時代の片山雛子と得度（とくど）後の尼僧妙春の写真が並べて掲載されていた。見出しは『議員辞職の片山女史、防衛技術振興協会顧問に就任』となっていた。

亘は揶揄（やゆ）するように、「またの名を尼僧妙春。転んでもただじゃ起きない、鋼の女。なんか雑誌の中に知り合い発見すると、ドキッとしますね」

「失脚なさって、しばらくした頃のものですね」と、右京は記事に目を通しはじめた。

「〈防衛技術振興協会〉か……。早い話が、武器輸出を促進しましょうって団体でしょ」

亘が右京に訊いた。

同じ頃、『週刊フォトス』の記者、風間楓子は洞爺湖畔の展示場で片山雛子と会っていた。

「その武器輸出に反対する市民団体が、この見本市に抗議声明を出してますよ」

楓子が提供した情報は、すでに雛子も承知していた。

「協会にも届いてるわ」

「デモも辞さないようです」

「歓迎よ」雛子が受け流す。「騒ぎになれば、世間の注目を集める。みんなが関心を持つことが第一歩なの。その上で、しっかり議論すればいい。逃げずに堂々と。誤魔化すことなく」

「だけど、デモ自体が、各地、公安条例で規制されてますからね。それに洞爺湖では国際会議が開催されるから、警備も厳重。事実上、デモは不可能でしょう」

「あなた、わたしと付き合うようになって、いくらかは勉強したみたいね」

「得意なのは、毒にも薬にもならないゴシップなんですけど」

楓子が自嘲して笑った。

「たしかに、デモは公安条例で規制されてるけど、わたしは憲法で保障されてる表現の自由の範疇だと思ってる」

「だから、遠慮なくどんどんやれと？」

「むろん、節度をわきまえてよ。なんだって使いようだもの。あなたさっき、毒にも薬にもならないって言ったけど、そういうたとえで言うなら、なんだって毒にも薬にもなる。要は使い方次第。武器だってそうよ」

雛子が挑発するように言った。


特命係のふたりは、二冊の『フォトス』を持って、崖下の漁師小屋に行った。亘がランタンを灯し、テーブルの上に二冊を投げ出す。

「ひと通り見て回って、収穫はこれだけ」

「収穫かどうかはわかりませんがね」

「唐突に同じ号が二冊。なんか意味あるんですかね?」

「おや?」

右京は亘の問いかけには答えず、海のほうを見つめていた。沖合いに泊まった漁船の明かりが点滅している。右京はロシア製の双眼鏡で観察し、亘はスマホの動画で撮影した。やがて、明かりが消えた。

「終わった」亘が動画撮影をやめる。

「本当に天体観測をなさっていたのでしょうかねえ……」

右京が疑問を呈した。

〈信頼と友好の館〉に戻り、亘は撮影した動画をさっそく再生してみた。

「やっぱりモールス信号ですかね」

「ある規則性を持った点滅、そう考えるのが妥当でしょう。おそらく船の上から回光通信機を使って送ってきたのだと思います」

右京はそう言いながら、点滅をアルファベットに置き換えていった。しかし変換された文字列は意味不明だった。

「意味をなしませんね。ひょっとして、欧文じゃなく和文とか？」

亘の指摘に従い、右京が今度はカタカナに置き換えた。それでも意味のある文章は出てこなかった。

亘が別のアイディアを思いついた。

「モールス信号のことはよくわかりませんが、キリル文字に変換はできないんですか？」

「なるほど」


警視庁広報課の社美彌子はひとりデスクで戸惑っていた。スマホに突然ロシア語のメールが届いたのである。差出人は亘だった。

と、続いて見覚えのない市外局番から電話がかかってきた。美彌子はためらいつつも電話に出た。

「もしもし？」

――冠城です。ご無沙汰してます。

美彌子はため息をつき、「ご無沙汰じゃないわよ。あなたたち、いったいなにやってんの？　連続殺人の被疑者と逃亡中って本当なの？」

――そんなふうに伝わってます？　それはかなり不正確だな。

「だったら正確に話しなさい。聞くわ」

――それより、今メールした文章、ロシア語だと思うんですけども、サクッと訳してもらえませんか？

「なんでわたしが……」

――ロシア関係なら、やっぱり課長かなと……。

美彌子はロシア人スパイ、ヤロポロクとの間に娘を儲けていた。亘はそのことを匂わせたのだった。

「喧嘩売ってる？」

――課長の能力を頼ってるんです。意地悪しないで、訳してもらえません？

「『我々の贈り物は気に入ってもらえただろうか。間違いなくあなた方の役に立つことだろう。恐れるな。強欲な悪魔を退治するためならば、神も許し給うはずだ。健闘を祈た。

亘はそう言うなり電話を切った。事情がまったくわからず、美彌子は釈然としなかっ

——わかりません。わかったらまた連絡します。

る』。なんなの、これ？」

亘は事務所の机にあったデスクトップパソコンからメールを送り、固定電話から通話

したのだった。亘が聞きとって、素早く書いたメモを読んで、右京がつぶやいた。

「恐れるな。強欲な悪魔を退治するためならば、神も許し給うはずだ、ですか……」

右京はそのことばがなにを意味するのか、一心に思考を巡らせた。夜も更け、亘は椅

子の上でうつらうつらしてしまった。

そこへ、鯉川繁喜を班長とする稚内中央署の捜査員たちが踏み込んできた。

「そのまま！　ご同業、面倒くさいまねはやめましょうね」

「もとよりそのつもりですよ」

泰然と受け止める右京に、鯉川が鋭い口調で詰問した。

「岩田純はどこです？」

「ここにはいません」

「宿を出てすぐ別れましたから」

亘が補足した。

「館内を見てこい」鯉川は捜査員たちに命じると、特命係のふたりに言った。「とにかくおふたりは拘束します。おとなしく来てください」

「容疑は？」右京が訊く。

「そのつもりになれば、いくつか挙げられますが、そういうことじゃない。おたくの社課長の要請で、あなた方の身柄を預かるだけです。居場所を教える代わりに、あなた方の目に余る振る舞いについては最大限寛大に対処するという約束で」

「待ってください。うちの社が我々の居場所を教えたわけですか？」

右京が意外な顔で確認した。

「この番号の場所にいるからと、電話番号を教えてくれました。調べるところ。しかし、こんなところに忍び込むとは、あなた方もつくづく人を食ったまねしますね」

鯉川のことばを聞き、右京が亘を責める。

「だから言わんこっちゃない。わざわざ社さんに翻訳を頼んだりするから、このざまです。足がつきました。いや、それにしても……せめて番号非通知でかけるぐらいの配慮はあると思いましたがねえ」

亘が言い返す。

「課長が俺らを売るなんて思いませんもん。そんなことより、翻訳は課長に頼んだほうが手っ取り早いでしょ」

「多少は時間がかかりますが、僕だって訳せましたよ」

「ちまちま辞書引きながら訳すの、待ってろって言うんですか。課長なら一瞬ですよ」

「いいじゃありませんか。夜は長いんです」

亘が攻勢に転じた。

「仮に訳せたって、正確かどうかは疑問ですし、ロシア語は門外漢でしょ？」

右京も負けていなかった。

「ご心配なく。こう見えて語学は得意です。得意なものは応用が利くんです」

「一度言おうと思ってましたが、うぬぼれちゃ駄目です。人間、謙虚に生きないと！」

「君にそんなことを言われる筋合いはありませんね！」

ふたりの言い争いが次第にエスカレートしていく。

「そっちこそ、言いがかりはやめてください」

「いいですか？　僕は謙虚を旨に生きていると言っても過言ではない男ですよ」

「はあ？　笑わせないでください。へそが茶を沸かします」

「へえ〜、君は超人ですね。後学のために見せていただけますか？　へそでお茶を沸かすとこ」

「だったら、今すぐやかんを持ってきてください！」

「ええ、ここで待ってなさいよ!」

あまりに他愛のない口論に、鯉川が割って入った。

「ストップ! もう止め! あなた方は小学生か」

ふたりは稚内中央署員の詰所となっている公民館に連れてこられた。あてがわれた部屋の窓を閉め、気まずい空気を振り払うように亘が言った。

「さすがに夜は冷えますね。贈り物ってなんですかね? モールス信号にあった『我々の贈り物』って……」

右京が答える。

「僕もそれを考えていましたが、思い当たるのは、海岸に打ち上がったアザラシぐらいですね」

「例の死骸ですか?」

「ええ。しかし、アザラシはあくまでも袋代わり。贈り物とは、その中身のことではないでしょうか」

右京は自分の見つけたアザラシの腹部に縫合の痕跡があったのを覚えていた。

「アザラシの死骸を偽装して、なにか送られてきたってことですか?」

「ええ、潮流を利用して。さしずめ海洋宅配便、といったところでしょうかね。送り主はロシアの何者か。そして、受取人は岩田ミナさんら、〈信頼と友好の館〉のメンバー」

「たしかに、あのモールス信号は彼女たちに向けたものですよね。我々が小屋に明かりを灯したので、彼女たちがいると勘違いして、信号を発した」

「天体観測というのは嘘っぱちで、あの小屋は通信基地として使われていたのだと思いますよ」

「贈り物っていったい……」

右京は見当をつけていた。

「密輸とくれば、感心しないものというのが相場ですよ」

五

翌日、伊丹と芹沢が天礼島の駐在所に大西を訪ねてきた。大西は恐縮しながら警視庁捜査一課の刑事たちを迎え入れた。

「遠いとこ、はるばる大変ですね。おふたりは現在、公民館で拘束中です。本来ならば私がご案内すべきだけど、正直、いろいろ取り込み中のところ、ちょうどよかった。彼らと一緒に行ってもらえると助かります」

大西は奥に向かって「おーい」と呼んだ。ミナと禾怜、成田、音羽の四人が出てきた。

「彼らはおふたりの道案内、そしておふたりは彼らの護衛ということで」

「護衛？」

ひとり決めする大西に、伊丹と芹沢は戸惑いを隠せなかった。

捜査一課のふたりは〈信頼と友好の館〉に向かう途中で、若者たちから事件の経緯を聞いた。

「事情聴取も済んだし、僕ら、本当は家に戻りたいんですけどね」

疲れた顔で訴える成田を、芹沢が諭す。

「いや、この状況でそれはまだ危険だよ。警察の保護のもと、公民館にいたほうがいい」

「大丈夫？」

伊丹が塞ぎ込むミナを気遣った。ミナは責任を感じているようすで三人の仲間に詫びた。

「ごめんね。すべての原因はあたしだから」

「ミナが責任しょい込む話じゃないよ」

成田がミナを慰めた。

刑事と若者を送り出した大西は岩田の捜索に出て、墓地を訪れた。するとそこに岩田の姿を見つけ、まずは応援を呼ぶべきだと考えた。

墓石の陰に隠れてスマホを取り出したところ、いつの間にか岩田が目の前に立っていた。

「ああっ！　そ……そのまま動くな！　僕はあんたに到底かなわねえ。したから、応援呼ぶまで待て！」

「生憎(あいにく)だが、ここで捕まるつもりはない」

岩田が一歩近づく。恐怖に脅えた大西は拳銃を抜いて構えた。

「動くなってば！」

「おい、俺は丸腰だぞ」

「だって、しょうがねえだろ！　圧倒的な力の差なんだから」

銃口は大西の動揺を如実に伝え、ぶるぶる震えていた。岩田は手刀で拳銃を叩き落とすと、両手を大西の首に回した。

「特命係のお騒がせコンビ～」

独特の言い回しで公民館に伊丹が入ってきた。後ろには芹沢の姿もある。

「あらま、びっくり」

ことばのわりに、亘はさして驚いたようすもなかった。右京も平然としていた。

「どうしました、おそろいで？」

「ぶち殺しに」

さしもの右京も伊丹の物騒なことばの意味ははかりかねた。

「はい？」

「音信不通から一転、無事だったばかりか、またぞろ勝手なまねをして、部長は怒り心頭」

「おふたりをぶち殺してこいとの命令です」

伊丹と芹沢の話で、右京も納得した。

「なるほど」

そのときノックとともに、稚内中央署の鑑識員、木埜がひょっこり現れた。

「どうも」と招き入れる亘に木埜が訊く。

「あれ？　皆さん警視庁？」

「なんか増えちゃって」

「はあ……暇か」

木埜は思わず口にしただけだったので、よもやそのとき遠く東京の警視庁で、お株を奪われた角田六郎がくしゃみをしているなど想像もしなかった。

「話しましたよね？　指紋の採取をお願いした、稚内中央署の木埜さん」

亘が右京に木埜を紹介する。

「ああ、君が集団行動を乱して、姿をくらませたときの」

亘は右京の嫌味を無視して、木埜に訊いた。

「どうでした？」

「秋田県警が採取した指紋の中に、ご依頼の指紋と一致するものはありませんでした」

「なかった？」

「それは大いに奇妙ですねえ」

木埜から受け取った指紋照合表を見ながら、右京がつぶやく。

「約束のブツ頼みますね」

木埜は亘に耳打ちして帰っていった。

「ブツってなんだよ？」伊丹が気にした。

「警視庁グッズです」亘はそれと引き換えに指紋の照合を依頼したのだった。「携帯流した本人の指紋、ないはずがありませんよね」

亘の疑問に、右京が答える。

「ええ、手袋でもしない限りは」

「手袋なんかするわけないでしょ」

「よほど僕のスマホが不潔に思えたのかもしれませんがね」

そのとき廊下から捜査員が鯉川に報告する声が聞こえてきた。

「班長！　駐在が墓地で死んでると、通報があったそうです」

「どういうことだ？」

「詳しくはわかりませんが……」

右京たちが顔を出すと、廊下の向こうからはミナたちが顔を覗かせていた。

「なんでもない。心配いらないから」鯉川は若者たちに取り繕うと、右京たちには声を荒らげた。「警視庁は首を突っ込むな！」

そこへもうひとり捜査員が駆け込んできた。

「班長！　誤報です！　死んでません。襲われて気絶していたようで」

「襲われたって、誰に？」

「岩田純だそうです」

「岩田に？　出動！」

鯉川たち捜査員がばたばたと出ていった。


若者たちは公民館の小会議室に戻った。鯉川と捜査員のやりとりを聞いてから、ミナの顔は曇ったままだった。

「警察もだらしないな。たったひとり、とっ捕まえられないなんて」

成田が不満を漏らすと、ミナがぽつんと言った。

「そう簡単に捕まらないわ、父は」

「そんなに超人か？」

音羽は冗談を言ったつもりだったが、ミナは真に受けたように答えた。

「世界一強い。そう思ってた、子供の頃は」

「ミナってさ、親父さんのこと好きすぎて、大嫌いになったって感じするよね」

禾怜のひと言で、ミナの顔がこわばったように見えた。しかしミナの瞳は禾怜をとらえてはおらず、もっと遠くに向けられているようだった。不審に思った禾怜は後ろを振り返り、窓越しに岩田純を認めて思わず金切り声をあげた。

慌てて小会議室から逃げ出した若者四人は、騒ぎを聞きつけ、廊下に飛び出してきた警視庁の四人と行き合った。窓の外に岩田純が現れたと伝えると、伊丹と芹沢が見にいった。しかしすぐに帰ってきた芹沢は「いませんよ、窓の外には」と報告した。

そのとき、亘が玄関から入ってくる岩田を見つけた。

「右京さん」

「みんなを連れて、どこか安全な場所へ」

右京が伊丹と芹沢に命じた。

「はい！」と応じて、芹沢が四人を誘導する。「ああ……早く早く！」

伊丹が右京と亘の身を案じた。

「ふたりで食い止められるのかよ?」

「向こうが本気なら、こっちは四人いたって一緒です」

亘が緊張した顔で告げると、右京がそれを受けた。

「ですから、ここで四人いっぺんに全滅してしまうのだけは避けたいんですよ」

「了解!」

伊丹が去ったすぐあとに、岩田がやってきた。右京と亘が立ち塞がる。

「どいてくれ」

右京は一歩も引かなかった。

「いまだ釈然とせぬ思いなのですが、我々の見立て違いだったのでしょうかね?」

「そうかもな……。どけ」

亘も微塵も動かなかった。

「館での殺戮を認めるんですか?」

「ああ。俺がやった」

「殺戮の前、館の誰かがあなたに電話をかけていますねえ。それは誰からの、どういう電話だったのでしょう?」

右京の問いかけに、岩田は直接答えなかった。

「昨夜の無言電話はあんたか……」

「お答えいただけませんか？」

「どいてくれないんだったら、強行突破するぞ」

亘が一歩出て牽制し、右京が宣告した。

「連続殺人をお認めになるのであれば、なおさらどくわけには参りませんよ。あなたを捕まえないと」

岩田が鼻を鳴らした。

「警視庁がなに、粋がってる。管轄外で警察権を行使する気か？　違反だろう」

「殺人容疑は無理でも、住居侵入、ついでに不退去罪も付けましょうか？　現行犯ならば、管轄外でも逮捕できるんですよ」

「とっととなぎ倒していくべきだったな。くだらんお喋りにうっかり付き合わされた」

「ええ。もう無事、ここを脱出しているはずです」

実際、その頃、若者たちは芹沢と伊丹に守られながら、公民館からかなり離れた場所を全力で逃げていた。

「よほどの俊足でもない限り、追いつかないと思いますよ」

亘がダメを押すと、右京が持ちかけた。

「もう観念して、詳しいお話をおうかがいできませんか？　いろいろお訊きしたいことがあります」

「断る。まだやり残したことがあるんだ」

踵を返して立ち去ろうとする岩田の肩に、亘が手をかけた。次の瞬間、亘は背負い投げで飛ばされ、首に腕を回された。

「生兵法は大怪我のもとだ。あんたは部屋へ戻って百、数えろ」

亘の首を締め上げながら、岩田が右京に命じる。

「はい？」

「百だぞ。ズルするなよ。絞め殺すぞ」

苦しげにうめく相棒の顔を見ると、右京も従わざるを得なかった。部屋に入って耳を澄ますと、しばらくして走り去る足音が聞こえた。右京が外に出ると、床に亘が転がっているだけで、岩田の姿はなかった。


公民館から遠く離れた林の中をふたりの刑事と四人の若者が歩いていた。刑事たちはここがどこだかわからず、若者たちが先導していた。

「なあ、どこか当てあって歩いてんの？」

うんざりした口調で伊丹が訊くと、成田が労うように言った。

「もうここでいいですよ。僕ら、勝手に避難しますから」

「自分たちの身は、自分たちで守りますから」

音羽も主張したが、芹沢は反論した。

「守るったって……お父さん、めっぽう強いんでしょ？」

「世界一強いのよ。ねっ？」

禾怜が茶化すのを無視して、ミナが刑事たちに言った。

「でも、本当に大丈夫です。土地勘だけは圧倒的に父に勝ってるんで、そう簡単に見つかりません」

「保護するとか言って、公民館みたいな島のランドマークに置かれるほうがかえって危ない」

伊丹は成田の意見を一部認めた。

「たしかにそれは一理あるが、油断は禁物だ。相手はしっかり訓練を積んだプロなんだろ？　思いもよらぬ方法で追い詰めてくる可能性がある」

「そう。君たちの安全と思う場所まで送っていくよ。ねっ？」

芹沢が提案したとき、若者たちがいきなり四方に散って走りはじめた。一瞬のことだったので、伊丹も芹沢も対応できなかった。

「お断り！」成田が逃げながら宣言する。

「警察は頼りにならない！」

逆方向に逃げながら、音羽が言い放った。

公民館に戻った伊丹と芹沢は、苦々しい顔で事情を説明した。すると、右京が言った。

「保護を拒否ですか」

「警察は頼りにならない、なんてクソ生意気言っちゃってよ……」

芹沢はいまだ憤懣やるかたないようすだった、伊丹は怒りの矛先を右京に向けた。

「頼りにならないっていうのは正解だな。よりにもよって、連続殺人犯を野放しにしちまうんだから。本人が殺戮を認めたということは、ごめんじゃ済まされませんよ。ましてや、ここはよそ様の縄張り。どう責任を取るおつもりですか?」

右京は顔色も変えずに、「事件を解決するより他に責任の取りようがないのですが、おっしゃる通り、ここはよそ様の縄張り。捜査権がないのが大いにジレンマです」

伊丹がにやりと笑った。

「潔く腹を切るという、古式ゆかしい責任の取り方もありますよ。むしろ部長もそれをお望みでしょうし」

「なるほど。選択肢のひとつとして考慮します」

そのとき廊下に面した部屋の窓が開き、思いがけない人物が顔を覗かせた。

「青木!」芹沢がその人物の名前を呼ぶ。

亘は痛む首を冷やしながら不思議そうに訊いた。

「あれ？　どうしたの、お前？」

　青木も捜査一課のふたりに劣らず憤っていた。

「そっちこそ、なんで携帯、繋がらなかったんですか？　連絡取れないから、結局来るはめになっちゃったんじゃないですか！」

　青木の父親も警察官で、衣笠副総監と古くから懇意にしていた。そのせいもあり、衣笠は青木を、特命係の動きを探るためのスパイのように使っていた。今回も特命係から調査依頼があったことを青木は衣笠に次のように報告した。

「性懲りもなく、管轄外で勝手なまねしてます。本来ならば門前払いですけど、今回はもしふたりから連絡があったらようすを探れと副総監の命令を受けていましたので引き受けました。電光石火で調べて、結果を知らせがてら、現状を探ろうと思ったんですけど、ちっとも繋がらない。頼みごととしておきながら失敬な奴らです。また明日の朝にでも……」

　かけ直しますと言う前に、衣笠が青木に命じたのだった。

「かけなくていい！　行ってこい。そのほうが確実だ」

　青木は怒り心頭に発していた。

「鶴の一声ですよ！　北海道くんだりまで……。しかも島！　冗談じゃありませんよ！」

その後、公民館で亘が伊丹たちに事件の概要を説明した。黒板に貼り出した関係者の写真――青木が持ってきたものだった――のうち、甘村井、松嶋、播磨、三河の写真にチョークで×印をつける。

「現在、死亡者はこの四名」さらに岩田純の写真を丸く囲む。「で、殺害したとされるのがこちら。殺害の手口もさることながら、本人がそれを認めた」

右京が補足説明をする。

「そしてこうも言ってました。まだやり残したことがある、と」

「この状況を見る限り、娘をたぶらかした連中、皆殺しってことですかね？」

芹沢が感想を述べると、伊丹も同意した。

「かもしれねえな。娘が言ってたんでしょ？　父親は壊れた殺戮兵器だって」

右京は疑問を呈した。

「しかし、そのミナさんのことばを鵜呑(うの)みにするのは、いささか抵抗があるんですよ。はい、冠城くん」

右京からバトンを渡された亘が続ける。

「それがさっきの指紋です。ミナさんは、軟禁されていた右京さんのことを外に知らせるためにスマホを海に流したのは自分だって言ったんですけど、そのスマホに彼女の指紋はなかった。果たして本当に彼女がスマホを海に流したのか？」

そのときドアがノックされ、木埜が現れた。右京が笑顔で迎える。

「やあ、お待ちしていました。それらの疑問を解決するために、先ほど改めて木埜さんに、指紋照合をお願いしたんですよ。で、結果は？」

「スマホから採取されていた指紋のひとつと、甘村井留加の指紋が一致しました。はい。あっ……追加のブツ、お願いします」

「ご心配なく」右京は請け合い、「お聞きの通り、甘村井さんの指紋があったそうです」

「今度のブツはなんです？」

伊丹はそちらも気になるようだった。右京が生真面目に答える。

「警察学校グッズです」

「この三人の指紋はなし？」

亘が死んだ三人の若者の顔写真を指して、木埜に訊いた。

「はあ……」

「現状、採取可能だった死亡者四名の指紋について調べてもらったところ、甘村井さんの指紋のみが僕の携帯にあった……」

「右京さんのスマホを管理してたのは、甘村井さんだったんじゃ……？」

亘が結論を導き出すと、右京は成田と音羽と禾怜の顔写真を示してから慎重に見解を述べた。

「むろん、この三名の指紋については照合できていませんので、確定的なことは言えませんが、その可能性は大いにありますすねえ」

伊丹も状況を理解した。

「要するに警部殿のスマホを海に流したのは、岩田ミナではなく、甘村井留加だったってことですか？」

「となると、仲間を穏便に裏切ったのは甘村井さん……ということになりますねえ」

続いて青木が、黒板に貼られた写真をひとつずつ指しながら、若者たちのプロフィールを語った。

「岩田ミナ、通称ミナ。意外にも運動神経抜群で、体育大学出身。成田藤一郎、通称ダン。大学は機械科学科出身の理工系エリートです。音羽暁、通称オット。かつては立派な引きこもり。ところが、なにかの拍子にボランティアに目覚めて、現在に至る。それから橘禾怜、通称ハナ。無名の劇団の看板女優だったらしいですが、結局鳴かず飛ばず。以上が生存者四名」

青木は少し間を空けてから続けた。

「続いて死亡者についても手短に。松嶋至、通称マッチ。非正規雇用で長年、社会の辛酸を嘗め続けてきた男。播磨長吉、通称ハリー。自称吟遊詩人で、要はストリートミュージシャン崩れ。三河大悟、通称カンブツ。中卒で職を転々。こいつは前科者です。ケチな窃盗犯ですけど。立派に更生中だったのに、殺されちゃうなんて気の毒に」

「経歴も年齢もバラバラの七名が五年前、ギリシャで出会ったというわけですね？」

　右京が青木に確認する。

「そう。難民ボランティア団体で。そのときの記録が残ってたから、経歴なんかもざっくり調べがついたんですよ」

「そのボランティア団体の強力なパトロンのひとりが、〈信頼と友好の館〉の代表理事の甘村井留加だった」

　亘のことばを青木が引き継いだ。

「だから帰国後、甘村井の本拠地であるこの島にやって来て、七名は共同生活を送るようになったみたいですね」

　そのとき右京のスマホの着信音が鳴った。

「ちょっと失礼」と断り、電話に出る。「もしもし？」

　電話をかけてきたのは、『週刊フォトス』の記者、風間楓子だった。

　――ご無事でしたか！

　楓子の声には軽い驚きの響きがあった。

「おかげさまで」

　――スマホも無事手元にということは、わたしの入れた留守電メッセージ、お聞きですよね？

「ええ。聞きました」

——聞いたのに、折り返しも寄越さない？　それって既読スルーと一緒ですよ！　結構傷つきました。

「申し訳ない。いろいろ取り込んでましてね」

洞爺湖畔の展示場から右京に電話をかけた楓子は、スマホを隣にいた片山雛子に渡した。

「無事みたいです」

雛子が電話を代わった。

「もしもし？　ご無沙汰しております。片山です」

——これはどうも。ご無沙汰しています。

「杉下さんが安否不明。冠城さんがスマホを手がかりに天礼島へ捜しに行ったっきり、音沙汰がないと聞いて心配していたんですよ。今も試しにかけてみたらって言ったんですけど、ご無事でなにより。こうしてお声が聞けてホッとしました」

——恐縮です。

「いつまで島にご逗留か知りませんけど、もしお時間があれば、洞爺湖にいらっしゃいません？　ご無事をお祝いしてぜひ一献」

──あなた今、洞爺湖にいらっしゃるんですか？

意外そうな声の右京に、雛子が煽るように言った。

「ええ。冠城さんももちろんご一緒に」


夜になり、右京と亘は懐中電灯で道を照らしながら、駐在所へ向かった。電話の内容を聞いた亘が雛子の意図を推し量る。

「国際会議と同時開催で見本市。日本の防衛技術を世界にアピールしようってことか……」

右京が認めた。

「各国の防衛相をはじめ、関係各位が一堂に会する会議ですからねえ。絶好のチャンスということでしょう」

駐在所では、大西がまだ痛む首筋を氷嚢で冷やしていた。亘が若者四人の避難先について尋ねた。

「まあ、避難先の当てはなくはないんですが……」

「場所を教えてください。彼らに会って確認したいことが」

「行っても無駄だわ。もう島、出ましたから」

「はい？」右京が大西に先を促す。

「フェリーターミナルで岩田純を張ってる捜査員が、現れた彼らに声かけたら、稚内の知り合いのとこ行くって船に乗ったみたいです。まあ、まだ岩田純が潜伏してるこの島にいるよりは、ずっと安全ですからね。いい判断なんじゃないかと。いや……そんなことより、岩田ってのは凶暴な上に命知らずで、手に負えないですよ。拳銃にもビビらんなんて、ビビりましたよ」

「大事なくて、なによりでした。どうも」

労いのことばを残して去ろうとする右京に、大西が注意を喚起した。

「あっ……夜道は気ぃつけて。岩田がどこに潜んでるか、わかんないですからね」

「まだ島にいますかね？」

「いますかねって……そりゃいますよ。港も空港も警察が張ってますから、島からは出られません」

「昨年、この島の海岸でヒグマの足跡が発見されて、騒ぎになったそうですね」

意味深長な右京の発言に大西が「えっ？」と驚く。

「クマの生息していないこの島で、もしヒグマが確認されたら、百六年ぶりの珍事だったそうで」

「それがなんか……？」

「専門家によると、ヒグマは北海道本島から泳いで渡ってきたのだろう、ということのようですね」

亘が上司の言いたいことを理解した。

「まさか、岩田純も泳いで渡るんじゃないかと？」

「それほど広くないこの島で、さほどではない人数とはいえ、緊急配備に近い捜査網が敷かれて、詳細は明かしていないものの、連続殺人事件が勃発していることは島民の知るところとなっています。そんな状況で、とてもじゃありませんが、大の大人、それもよそ者が隠れおおせるとは思えませんし、今もって所在不明ということは、すでに島にはいないのではないかと……。むろん、船も飛行機も使えないでしょうから、出るとしたらクマに倣って、泳いで渡るしかありませんがね」

「泳ぐったって……」亘は取り合わなかった。

右京は壁に貼ってある北海道の地図の前に立ち、「この島から対岸の稚内まで、最短で約二十キロ。決して不可能ではありませんよ。クマですら渡るんですから」

「クマだからこそ、でしょ？」亘が反論する。

「なにしろ、彼は元レンジャーですからねえ。精神崩壊寸前まで追い詰められるほどの、想像を絶するような過酷な訓練を経験しています。強靭（きょうじん）な精神力と肉体は、クマをも凌駕（りょうが）すると言っても過言ではないでしょう」

「そのことば、過言だと思いますが……」

再び亘が反論すると、大西もうなずいた。

「ええ、過言……」

「まあ、見解の相違ということで」

ふたりに否定され、右京がむっとした顔になった。

六

翌朝、稚内の海岸にはウエットスーツを身に着けた岩田純の姿があった。右京が推測したように、海を泳いで渡ったのだった。


海の見える喫茶店で右京と亘が朝食を摂っていると、右京のスマホの着信音が鳴った。電話をかけてきたのは、警察庁の甲斐峯秋だった。

——岩田純の件だがね、ようやく情報が取れたよ。昨日、一方的に辞表を送りつけてきたきりで、陸自のほうでも連絡が取れないそうだ。

「辞表を……？」

——なにしろ、現役自衛官……それも高級幹部に連続殺人の容疑がかかっているとのことで、関係各所に箝口令(かんこうれい)が敷かれててね。往生したよ。我々の問い合わせにも、言を左右にして回答を濁すばかりだからね。

「いろいろお手数をおかけしました」

――ああ……いや、待ってくれ。礼を言うなら、防衛省の堅い扉をこじ開けてくださったご本人に直接。

電話が渡される気配があり、聞き覚えのある声が聞こえてきた。

――ああ……杉下くん？　あたしです。鑓鞍。

電話に出たのは国会議員であり、国家公安委員長でもある鑓鞍兵衛だった。

「ああ、鑓鞍先生でしたか。ご無沙汰しています。先生のお手を煩わせてしまったようで、申し訳ありません」

――なんの。そんなことはいいんだけどさ……。お前さんたちもいい根性してるねぇ。親分にへっちゃらで調べもんなんかさせてさ。身の程知らずの若い衆だよ。

そう言って鑓鞍は甲高い声で笑った。

「恐縮です」

――君みたいなのはそのうち本当にしくじって、路頭に迷うこともあるだろうからさ……。そのときはうちの事務所においで。使ってあげるよ。

「それはありがたいおことばです。そのときはおそらく冠城亘も一緒だと思うのですが、彼もよろしいですか？」

た。

――ああ、もちろん。ふたりまとめて面倒を見るよ。

鑓鞍の笑い声が耳に残る中、喫茶店のマスターがコーヒーと紅茶のポットを持ってきた。

「お代わりは？」

「あっ……遠慮なく」

「僕もいただきます」

亘がコーヒーをお代わりし、右京は紅茶を頼んだ。マスターがこの前と同じように意味ありげな笑みを浮かべた。

「ロシアンルーレット、いってみるかい？」

「いや、結構」亘はすぐに断った。

「僕も結構」右京も倣った。「竜宮城はもうこりごりです」

「ごゆっくり」

マスターは無理強いしなかった。マスターが去ると、亘が右京に話しかけた。

「右京さんが言うように、岩田純がすでに島を出たとして、覚悟を決めた彼はいったいなにをしようっていうんですかね？」

「やり残したこと……」

右京が岩田のことばを引いた。

「皆殺し？　そもそも一連の犯行は、彼の仕業だというのには疑問が残りますしね」

「しかし、彼は犯行を認めています」

「右京さんだって、それには釈然としてないでしょう？」

「ですが、殺害遺体がある以上、誰かの仕業であることは間違いありません。彼でないとすれば、いったい誰が……？」

「なにしろ、みんな素手で一撃ですからね」

「いずれにしろ事件解明の鍵を握るのは、岩田ミナさんら四人だと思います」

そう言うと、右京は紅茶のカップを口に運んだ。


その翌日、洞爺湖の展示場では、片山雛子が風間楓子の要請に応じて、ステージ上で写真撮影をしていた。

「ちょっとそのまんま……。体勢そのままで、目線外したの、ください」

相手がモデルでもあるかのように細かく注文をつける楓子に、雛子は機嫌よく応じている。

「もう撮れた？」

「じゃあ、あとラスト三枚」

楓子がシャッターを切ろうとすると、雛子の瞳が妖しく光り、「相変わらず神出鬼没」

と微笑（ほほえ）んだ。

楓子が振り返ると、無人の客席を右京と亘が歩いてきていた。雛子が右京に右手を差し出した。

「本当にいらっしゃるなんて思ってもみなかった」

右京が握り返す。

「ご迷惑でしたかね？」

「とんでもない！　こんなところでお目にかかれて嬉しいわ。冠城さん、どうも」

亘も差し出された雛子の右手を握り返して、「ご無沙汰してます」と挨拶した。

撮影に立ち会っていた桂川宗佐が雛子に訊いた。

「どなたです？」

「あっ、紹介するわ。こちら、警視庁の杉下さんと冠城さん。こちら、〈東亜（とうあ）ダイナミクス〉の社長で、〈防衛技術振興協会〉副会長の桂川さん」

「どうも」

桂川が差し出した右手を、右京が握り返した。

「どうも」

楓子と桂川を遠ざけたあと、亘はロシア漁船から送られてきたメッセージを諳（そら）んじた。

「我々の贈り物は気に入ってもらえただろうか。間違いなくあなた方の役に立つことだろう。恐れるな。強欲な悪魔を退治するためならば、神も許し給うはずだ。健闘を祈る」

　雛子が不敵な笑みを浮かべた。

「その『強欲な悪魔』っていうのがわたし？」

　右京がそう考えるに至った過程を話す。

「館にあった同じ号の二冊の『フォトス』を、ふたりして嫌というほど検討しましたが、そのフレーズに当てはまるのが、どうしてもあなたしかいないんですよ。不本意でしょうが」

「『強欲な悪魔』って表現は、ロシア語を翻訳したものです。たぶん、片山さんのことは、軍需企業の発展を推進する宗教家とでも伝わって、それに対する返信がそういう表現だったんじゃないかと」

　亘のことばが、雛子には不満そうだった。

「武器商人だの、死の商人だの、戦を金に換える守銭奴のごとく、軍需産業を不当に非難する向きには、『強欲』って表現がしっくりくるのかしら？」

「ロシアはキリスト教文化圏ですから、宗教家と聞けば、天使と悪魔になぞらえるのは自然ですし……」

「どうやら彼らは、突拍子もない方法でロシアから密輸をしているようで、今回も『贈り物』と称する物騒なものを手に入れている可能性があります」

　右京が雛子に忠告した。


　そのとき楓子は洞爺湖畔で、桂川に自分の考えを語っていた。

「なにか深刻なことが起きる予感がします」

「えっ？」桂川が驚いた顔になる。

「じゃなきゃ、ふたりがわたしたちのこと、追っ払ったりしませんもん」

　そのときふたりの背後を、なにかに憑かれたような顔をした四人の若者が通り過ぎたことを、楓子は知らなかった。


　展示場では雛子が特命係のふたりを問い質していた。

「で？　おふたりはわたしを守りに来てくださったってわけ？」

「結果的にはそういうことになると思いますが」

　右京の言い回しに雛子が引っかかりを覚えた。

「結果的？」

「我々の主目的は、その四人と接触することにあります」

「確認事項が山ほどあるので」亘が補足した。

「要するに、わたしは囮っていうことね」

雛子はおもしろくなさそうだった。

「我々の考え通りならば、彼らは必ずあなたのところへやって来ます」

右京のことばを受けて、亘がスマホを取り出し、SNSのアプリを開いて「尼僧妙春(片山雛子)」というアカウントとその投稿を表示した。

「我々がこうしてアポなしでここへ来たように、SNSをフォローすれば、あなたの所在はかなり正確につかめますからね」

「ふーん……」

雛子がつまらなそうに返した。


桂川は楓子の発言を疑った。

「まさか行くの?」

「おとなしくしてる馬鹿、いませんよ」

楓子は右京たちと雛子との対決を取材に行くつもりだった。展示場のほうへ歩き出した楓子を見送って、桂川が独語した。

「因果な商売だな……」

楓子は展示場に入ったところで、ちらっと警備員室を覗いた。人の姿が見えないので不審に思っていると、警備員がぐったりして床に横たわっているのが見えた。

警備員室にいる楓子から電話連絡を受けた右京は、鋭い声で確認した。

「息は？」

——えっ。

楓子の声がしばらく途絶えた。警備員が生きているかどうか確認しているのだろう。

ややあって、返事があった。

——あります。

「急病でしょうか？」

——一瞬はそう思ったんですけど、急病で倒れたようには見えなくて……。だから連絡しました。

そのとき、亘の切迫した声が耳に入った。

「右京さん」

亘は展示場の無人の客席のほうを見つめていた。右京も目を転じ、ミナたち四人の若者がこちらに迫ってくるのを確認した。楓子に告げる。

「原因がわかりました。ありがとう」

——えっ、どういうことですか？

「あなたは救急車を呼んで、警備員さんを診てもらってください。ああ……それから、こちらへ来ようなんて決して思わないように」

いきなり電話を切られた楓子は訳もわからず、一一九番通報しようとした。足音がしたので顔を上げると、展示場の警備員室に岩田純が入ってくるところだった。楓子は思わず息を呑んだ。

展示場のステージでは、四人の若者を前に雛子が嘲るように言った。

「この人たちでしょ、強欲バスターズ？」

右京が一歩前に出る。

「お待ちしていたんですよ」

禾怜が腕を組んだ。

「わたしたち、この世俗にまみれた尼さんに用があるの」

「用ってなにかしら？」

「これを差し上げようと思って」

ミナのことばを合図に、成田が背中のリュックから各辺二十センチほどの立方体の金属製の箱を取り出した。

「玉手箱。だから決して開けては駄目です」

ミナが説明すると、成田が箱を雛子に渡した。

「ずっしり重いわね」

「三キロちょっとある」

成田の説明に右京が反応した。

「この大きさで三キロ……比重の大きい中身のようですね」

「気になるわ、中身」

まったく怯むようすのない雛子に、ミナが忠告する。

「でも開けたら駄目。警告に背いた浦島太郎がどうなったか、知ってるでしょ?」

「開けるなと言われると、余計開けたくなるのが人情ですからね」

亘が人間の性に触れると、ミナがうなずいた。

「そう、好奇心に負けてしまう。だから人間は始末に負えないと思います」

「安心して。ちゃんとロックかかってるから。開けようとしても開かない。蓋の開閉は自動式。これでする仕掛けになってる」

成田がリモコンスイッチを掲げた。

「この玉手箱が、ロシアのご友人からの贈り物ですか?」

右京に指摘され、ミナの顔がわずかに歪む。

「気持ち悪いくらい事情通ですね」

「恐縮です」

「強欲な悪魔を退治するための品……なんだろ？」

亘も事情通ぶりを発揮したのを受け、成田が中身の説明をした。

「デーモン・コア。ミニチュア版だけど」

「なあに、それ？」雛子が無邪気に訊く。

解説したのは右京だった。

「プルトニウムの塊ですよ、未臨界状態の」

雛子が手にしているものは放射線遮蔽箱だった。成田が得意げに仕組みを語った。

「そう。箱を開けたら臨界状態に達する仕掛けになってる。臨界に達したら……どうなるかわかるよね？」

その結果は亘にもわかっていた。

「致死量の放射線が発生する」

成田が薄く笑った。

「すぐに蓋を閉めれば、それ以上にはならないけど、その一瞬であなたをあの世に送るには十分だよ」

「片山さんどころか、ここにいる全員が無事では済まないでしょう」

右京の指摘に、成田は「だね」と同意した。

雛子は感心したように言った。

「ずいぶん恐ろしいものをくれるお友達がいるのね」

「ロシアの不良ですよ」と成田。「ラスプーチンの遠い親戚の末裔(まつえい)ってことだけど、どこまでマジか……。とにかくご禁制の品も含めて、いろいろ送ってくれる愉快な奴で」

「アザラシのバゲージでの密輸品ですね」

右京の推理に、音羽が声を震わせた。

「ほら、やっぱり感づいてた」

「そのおかげで、僕は竜宮城へ連れて行かれたわけですね。甘村井さんの穏便な裏切りのおかげで、命拾いしたということでしょうか」

自分が右京のスマホを海に流したという嘘がばれていたと知り、ミナの顔が少しこわばった。成田が話題を遮蔽箱に戻す。

「そのプルトニウム、ソ連邦崩壊のどさくさで手に入れたもんだってさ」

「あたしたちはいまだ、東西冷戦の遺物にすら脅かされているんです」

ミナが訴えかける口調になった。雛子は一歩も引かずに若者たちを責めた。

「なのに次から次へと性懲りもなく、そんなふうに非難のことばが続くのかしら？」

「第三次世界大戦でどんな武器が使われるのかはわからないけれど、第四次世界大戦で使われる武器は間違いなく石とこん棒だろう」

　音羽のことばの出典を、雛子が馬鹿にするように即座に答えた。

「アインシュタインのことばね」

「このままじゃ、人類の末路は悲惨だよ」

　禾怜が眉をひそめると、ミナが前に出てきた。

「言いたいことは山ほどありますけど、でも今日は恨み言を言いに来たんじゃありません。お願いに来ました」

「お願い？」雛子が意表をつかれた顔になる。

「ここに寄付を」

　ミナが差し出したカードを雛子が受け取った。

「難民ボランティア団体ね」

「戦に武器が不可欠なのはどうしようもない現実です。でも、その武器によって、罪もない人たちが家を追われ、国を追われる。その現実にも、もっと目を向けてください」

「その現実には、いつも心を痛めてる」

　雛子がはじめて顔を曇らせるのを見て、ミナが迫った。

「心を痛めるだけじゃなくて、具体的な支援をお願いします。この見本市の参加企業に金銭的援助を募っていただけませんか？」

「最低でも三億……」

成田の要求を雛子は瞬時に退けた。

「断る。わたし、テロリストとは交渉しないの。わたしもかつては政府の一員。テロには屈しないし、交渉もしない。今もその方針を支持してるの。第二次世界大戦のあと、チャーチルはこう言った。『これは必要のない戦争だった。我々がもっと早く戦争の決意さえしていれば、容易に防げた戦争だった』」

やや間を空けて、雛子は続けた。

「どういうことかわかる？　第一次世界大戦で、勝者も敗者もヘトヘトになった。不戦条約なんていう国際協定まで結ばれた。そこでヨーロッパを席巻したのが平和主義だった。二度と戦争などすまい。平和を愛する尊い心から生まれたの。ところが、その平和主義が皮肉にもヒトラーという怪物の進撃を許してしまったのよ。度が過ぎた平和主義の台頭で、英仏は条約上許されている軍事行動すら取れなかった。当初からヒトラーを叩き潰していれば、こんな悲惨な大戦争にならずに済んだのにというチャーチルの後悔が、先のことばなの」

「戦もそれに伴う武器も必要悪ってことですか？」

ミナが真意を問う。雛子はミナの目を正面から見据えて、凄むように言い放った。

「物事を単純化しないで。善悪は表裏一体」

交渉は無理と判断した成田が、仲間に宣言する。

「プランBだ。玉手箱を置いて逃げろ。あんたたちもだ」右京と亘にも脱出を促し、リモコンスイッチを頭上高く掲げ、じりじりと後ずさる。「行こう。一分後に蓋を開ける。そんな了見じゃ、見本市はやらせないよ」

「お前たち……」

「待ちなさい！」

亘も右京も、前に出ようにも、リモコンスイッチを握られていてはなすすべがなかった。

そのとき若者たちの背後に岩田が現れた。一瞬で成田の腕を取り、リモコンスイッチを奪う。それをポケットにしまうと、成田と音羽を蹴り飛ばす。ふたりは呆気なく気を失った。岩田は恐怖のあまり腰を抜かした禾怜は放ったまま、ミナの腕を取って引っ張った。

「来い」

「岩田さん！」

呼び止める右京を、岩田は睨みつけた。

「ここからは親子の問題だ。あんたらには関係ない。さあ来い。ミナ！」

そのときミナが逆襲した。一瞬の隙をついて岩田の手を振りほどくと、足に蹴りを入れて岩田の体勢を崩し、背後に回って首に腕を回したのである。目にも留まらぬ完璧な動きだった。

しかし、格闘の実戦では父親のほうに分があった。岩田は拘束を振りほどくと、たちまち娘の首に腕を回した。

「暴れるな！　ゆっくり息しろ。ゆっくりだ」

岩田は腕にぐいと力を入れて、深呼吸をするミナを気絶させた。そして軽々と肩にかつぐ。さらにポケットからリモコンスイッチを取り出した。

「来るな！　ここでじっとしててくれ。さもないと、玉手箱とやらの蓋を開けるぞ。脅しじゃない。やるべきときにはためらわない訓練を受けてる。頼む、俺たちを放っておいてくれ」

岩田はリモコンスイッチを高く掲げたまま、悠然と去っていった。

「右京さん、どうすれば？」

亘が右京に指示を仰ぐ。右京は雛子に訊いた。

「この会議場にジャマーは？」

「電波妨害装置ですか？」

「今や国際会議などでは標準的なセキュリティーですから、おそらくここにも」

「確認します」

雛子は遮蔽箱を亘に渡して、奥へ駆けていった。

右京は床にへたり込んだままの禾怜の元へ行き、しゃがんで目線を合わせた。

「実は気のいい鑑識さんに、あれこれ指紋を調べてもらう中で、厨房のシンク下の扉も確認してみたんですよ。ところが奇妙なことに……扉を閉めたはずのカンブツさんの指紋はいっさい検出されませんでした。あなた、劇団の看板女優だったそうですね。まさしく迫真の演技でした。岩田純さんが殺戮を繰り広げたというあなたの証言は、すべて嘘。殺戮は岩田ミナさんの仕業ですね？　先ほどの身のこなしを見て確信しました」

禾怜は、〈信頼と友好の館〉の応接間でミナから計画を打ち明けられたときのことを思い出した。ミナは甘村井、松嶋、播磨、三河を殺し、それを父親のせいにすると、耳を疑うようなことを言ったのだった。

「馬鹿こくな。できっこねえべや、そんなこと……」

音羽は冗談と思ったようだが、ミナが真顔で「あたしは殺戮兵器の娘よ」と言うのを聞き、背筋に冷たいものが走った。

「本気か？」

成田は難色を示したが、ミナは暗い目で宣言した。

「裏切り者は許せないし、臆病者は足手まといなの」

「あの間抜けなおじさんもやるのか?」

恐怖のにじむ成田の質問に、ミナは脅える禾怜の首に両手を回し、小声でささやいたのだった。

「ううん、それは無理。父があの人を殺す動機がない。もし館の人間なら、あたしを洗脳した連中として始末してもおかしくないけど」

右京が目覚めてすぐ禾怜たちにロシアンルーレットを盛られたとき、ミナは男部屋で松嶋と播磨と三河が仲間から抜ける相談をしているのをドアの陰で立ち聞きしていたのだ。そこに甘村井が入ってきて、「あの男を呼んだのは俺だ」と告白するのも聞き、天礼島に亘を呼び寄せたのが甘村井であることを知った。ミナにとって、甘村井、松嶋、播磨、三河は裏切り者に他ならなかった。

ミナは容赦なかった。甘村井の不意をついて首を絞めて殺すと、抵抗した松嶋と播磨にはパンチとキックで戦意を失わせてから首の骨を折った。抵抗しなかった三河は一撃で仕留めた。

あまりに残虐なミナの振る舞いを目の当たりにし、禾怜たち残りの三人はなにも反抗できなくなった。

ミナは粛清を終えると、事務所の固定電話を手に取り、父親に電話をかけて呼び出した。そして禾怜と成田の頬を張り、音羽のみぞおちを殴って、一方的に告げた。

「ここを出ましょう……父が来るわ。父が無理やり侵入して警察を呼ぶか、あのおじさんが目を覚まして通報することになるかわからないけど、とにかく警察が来たら、あとは手筈どおり。いいわね？」

禾怜が一連の真実を語り終えたときには、成田と音羽も正気を取り戻していた。音羽がしみじみと言った。

「あんなおっかねえ女だなんて思わなかったよ」

そこへ雛子が戻ってきた。

「杉下さん！　ジャマー起動できます」

「そうですか。どうもありがとう。冠城くん、急ぎましょう」

「はい」

洞爺湖畔に置かれた廃ボートの中で、岩田は気絶した娘を抱いていた。

意識を取り戻したミナがもがいたが、岩田はミナの首に回した両腕に力を込めて、ミナの動きを封じた。

「無駄な抵抗はよせ！　苦しいだけだ」

おとなしくなったミナの頭を撫でて、岩田がつぶやく。

「後悔してるよ。護身術と称して、お前にいろいろ教え込んだこと」

「あたし、完璧に習得したでしょ」

「ああ、それが頼もしくてな、つい調子に乗った。なあ、ミナ」

「なあに、パパ」

「お前は俺を殺戮兵器みたいに言うけどな……。たしかに殺しの技術は身につけてる。でも、人を殺したことは一度もない。これが初めての人殺しだ」

岩田が再び両腕に力を入れた。ミナが足をばたつかせる。

「抵抗はやめろ！　苦しいだけだ」

さらに力を込め、岩田はミナを気絶させた。そして強く首をひねり、骨を折った。ミナがぐったりすると、岩田はひとり嗚咽を漏らした。

岩田がボートから下りたとき、右京と亘が駆けつけてきた。ふたりはボートの中に横たえられたミナの姿を確認した。

亘が岩田の胸倉をつかむ。

「岩田さん、あんたなんてことを……。娘だろ！」

「娘だからだ……」

「ふざけるな！」

亘が怒りを露わにしたのと対照的に、右京はミナの遺体に静かに語りかけた。

「申し訳ないことをしましたねえ。お父さんの目論見を読みきれず、こんな結果を招いてしまったことは痛恨の極みです。たしかにあなたは大罪を犯しました。しかし、生きて裁かれ、場合によっては、生きて罪を償う機会もあなたにはあったはず。その機会をボンクラな僕は守りきれませんでした。みすみすお父さんの勝手にさせてしまった。悔やんでも悔やみきれない！」

右京がミナの遺体から岩田に目を転じる。

「壊れた殺戮兵器……ミナさんはそう言って、今回の件をあなたの仕業に見せかけようとしました」

「アレス……」岩田がぽつりと口にした。

岩田の脳裏に、防衛省の執務室でギリシャからかかってきたミナの電話の続きが蘇る。

——パパは……アレスよ。

「なんだ、それ？」

聞き慣れないことばに、岩田は訊き返した。

——凶暴極まりない戦いの神。大いなる嫌われ者。

ミナはそう言ったのだった。

「ミナは、俺のことをアレスと呼んだ。否定はしない。娘だからこそ、俺の本質を見抜いていたのかもしれん。だが規律が……そんな邪悪な影を完璧に封じ込める。自分は陸自のおかげでまっとうに生きてこられた。そう思ってる」

「しかし、あなたのアレスの影はミナさんにも受け継がれていた」

右京のことばに、岩田は膝から崩れ落ちた。

「いつか……いずれ爆発する。そう思ってた。怖かった……。それが怖くてたまらなかった！」

岩田は声をあげて激しく泣いた。


特命係の小部屋に戻った右京と亘のもとに、大河内首席監察官がやってきた。

「今回はどんな懲戒処分です？　我々どんな処分でも甘んじて受けますが。ですよね？」

亘が機先を制して訊き、上司に同意を求めた。

「ええ」

大河内は苦々しい顔で口を開いた。

「今回の件、副総監が内密でふたりに感謝状と金一封を贈りたいそうだ」

「はい？」

真意がつかめないようすの右京に、大河内が淡々と告げる。

「洞爺湖会議の危機を救ったんだ。当然だろう。むろん拒否権はない。謹んで受けるように」

すぐに立ち去る大河内の背中を見ながら、特命係の小部屋に油を売りに来ていた角田が言った。

「新手で来たな。これからは褒め殺しか」

　そこへ伊丹と芹沢が入ってきた。

「特命係の長便所～」

　伊丹のことばの意味を芹沢が解説する。

「島の公民館でおふたり仲良く連れションに出てったきり、二度と部屋には戻らず、連絡入れてもいっさい無視！」

「せめて戻ったら、俺たちに『ただいま』ぐらい言ったらどうですか？　それぐらい罰当たんないでしょうが！」

　伊丹が詰め寄る。

「ただいま戻りました」

　右京と亘が声をそろえた。

第二話

「少女」

一

警視庁特命係の杉下右京と冠城亘は公園で探し物をしていた。

亘がしゃがみ込み、地面に目を近づけた。

「あの子の足なら、そう遠くに行ってないはずですよ。昨日は雨だったし。こういうところにじっとしてるんですよ。ほら、あった」亘がベンチの下から毛の塊を拾い上げた。

「毛色、毛質も同じ。右京さん、あれを」

「はい、はい」

右京がベンチの付近に猫砂を撒（ま）く。

「これは自分のにおいが染みついてますからねえ。釣られて出てきますよ」

亘はそう言って、「ミャ〜オ」と猫の鳴きまねをした。

ふたりの大人の振る舞いを興味深そうに眺めていた子供たちが、亘のあとに続く。

「ミャ〜オ」

すると本当に猫が鳴き返した。

「おや」

右京が意外そうな顔で亘とともに鳴き声のほうに歩いていく。植込みの向こうのベンチで、ひとりの少女が白黒二色の猫を抱きかかえていた。

亘は預かっていた写真とその猫を見比べ、「ねえ、君……。その子、君の？」と訊いた。

少女が少し怯えたようすでうなずいた。

「拾ったんじゃなくて？」

亘がなおも訊くと、少女は警戒したように「おじさん、誰？」と訊き返した。

「ちょっといい？」

亘が、猫の首輪についていたネームタグを裏返す。「益子メイ」という手書き文字が確認できた。鑑識課の益子桑栄の飼い猫に間違いなかった。

猫を抱きしめて放そうとしない少女に、右京が優しく話しかける。

「どうもありがとう。見つけてくれて」

「昨日から、飼い主さんが心配してるんだ。可愛くて手放したくないのはわかるんだけど、その子、おうちに帰りたいって。だから、ねっ、そうさせてあげて」

亘も笑みを浮かべて説得したが、少女は納得しなかった。

「子供騙しだね。だってこの子、震えてる。逃げてきたんだよ」

「不安なんだと思いますよ」右京が言った。「この子、迷子になってしまったんです」

「飼い主さん、すごくいい人だから」

亘のことばを右京が受けた。

「ええ、保証します」

少女はしぶしぶ猫を右京に手渡した。受け取るとき、右京は少女の指先に目を留めた。

少女は秦野明菜という名前だった。後日、益子がお礼をしたいというので、右京と亘も付き合うことにした。

普段は鑑識課の制服姿しか見たことのない益子がスーツ姿で現れた。手には菓子折の入った紙袋を提げていた。

亘が目敏く菓子折の中身を言い当てた。

「これ、かりんとうじゃないですか？　まだ小学生ですよ」

「えっ、まずかったかな？」

「まあ、気持ちですから」

右京がとりなした。

「でも、よかったですね。見つかって」と亘。

「いやあ、やっぱりあんたらを見込んでよかったよ」

「まさか猫とは……。『うちのメイを捜してくれ』って言うから、てっきり姪御さんかと……」

　秦野家はマンション住まいだった。亘がインターホンを鳴らしたが、しばらく待っても返事がなかった。

「留守みたいですね」

　益子がつぶやいたとき、右京は玄関ドアが少し開き、隙間になにか細長いケースのようなものが挟まっているのに気づいた。

「おや」

　好奇心を覚えた右京がドアを開ける。

「不用心ですね」

　亘が部屋の中を覗き込んだとき、パトカーのサイレンの音が聞こえてきた。サイレンは徐々に大きくなり、二台のパトカーがなんとこのマンションの前で停まった。パトカーから出てきた捜査員たちがドタドタと足音を立てて、階上に上がっていく。右京たち三人もあとを追った。秦野家の上の部屋で男の刺殺死体が見つかったのだった。

　捜査一課の伊丹憲一と芹沢慶二が駆けつけたとき、三人はすでに臨場していた。

「はあ？　あなた方は呼ばれてないでしょう？」

　しれっと現場に入り込んでいる右京と亘の顔を見た伊丹が呆れる。芹沢はスーツ姿で鑑識捜査を開始している益子が不思議でならなかった。

「……ってか、なんで一緒？　えっ、非番でしょ？」

「いろいろあるんだ」

「なんて言うのかな……猫で、少女で、ここに」

亘の説明では、伊丹に伝わるはずもなかった。

「なんだ？　その、風が吹けば桶屋、みたいな」

「被害者は？」

右京が血だらけになって仰向けで死んでいる男の身元を尋ねる。芹沢が渋々答えた。

「被害者は沢木大介さん。都内で飲食店を経営されているそうです」

右京は床に残った擦り傷のような痕跡に着目した。

「なんでしょう？　床に削れたような跡がありますねえ」

遺体を検めた益子が断じた。

「死因は、頭部打撲による脳挫傷だな」

「撲殺か。ずいぶん荒っぽいな」伊丹が顔をしかめる。

「犯人はナイフも持っていたようだがな」

遺体の傷を見ながら述べる益子の意見を聞いて、右京が相棒に声をかけた。

「冠城くん」

「ええ」

亘も上司の言いたいことは理解していた。ふたりは殺害現場の部屋を出て、階下の秦野家の玄関ドアの前に戻った。右京がドアに挟まっていたものを拾い上げる。細長い三角形のケースの正体を亘が言い当てる。

「これはナイフケースですね」

「そのようですねえ」

右京が裏返すと、うっすらと血がついていた。

そこへ怪訝(けげん)な顔をした女性が声をかけてきた。

「すみません。うちでなにを……?」

「こちらの方ですか?」

右京の問いに「はい」と答えた女性は、明菜の母親の秦野香織(かおり)だった。

事情を聴いた香織はふたりを部屋に招き入れた。右京は、子供部屋に、姉妹と思われるふたりの少女が病室で写っている写真が飾られているのに気づいた。隣の本棚には医学書が数冊並んでいる。そのうちの一冊を手に取って、香織に訊いた。書名には『指定難病の基礎知識』とある。

「こちらの本はお嬢さんが?」

「ええ」香織が沈痛な表情になる。「若菜(わかな)という妹がいたんですが、去年、病気で亡くなりまして。明菜は『自分が治すんだ』って言っていたのですが……」

「まだ幼いのに感心ですねえ」

「ええ」

　キッチンの周辺を調べていた亘が、ゴミ箱の中に血の付いたトレーナーが放り込んであるのに気づいた。

「右京さん」

　右京もそれを確認し、「すみませんが、寝室はどちらに?」と香織に尋ねる。

「寝室?」香織は戸惑いつつ、「こちらです」と案内した。

「あ!」

　寝室の異常に気づいて、香織が叫ぶ。床には衣服が散らばっていた。クローゼットの引き出しが開けられ、中が荒らされていたのだ。

「どうやら犯人は、逃亡のために着替えたようですね」

　推理を述べる右京に、香織が困惑した眼差しを向ける。

「なぜうちに?」

「おそらく逃走時に偶然、お嬢さんと鉢合わせしてしまったのでしょう。そして連れ出した」

「そんな……」

「明菜ちゃんは今日、ひとりでここに?」

　亘が質問した。

「ええ……主人もわたしも仕事で。明菜は？　明菜は無事なんですよね⁉」

詰め寄る香織を、右京がなだめた。

「お母さん、落ち着いてください。もしお嬢さんに危害を加えるつもりなら、連れ出す必要はないでしょう。おそらく犯人には、なにか別の思惑があるはずです」

「たしかに」亘は右京の推理を認めた。「明菜ちゃんの物で、なにかなくなった物はありませんか？」

香織は子供部屋に戻って、娘の持ち物を調べた。

「明菜のリュックサックがありません」

「リュックサック？　他になんかなくなった物、ありませんか？　例えば現金とか」

香織は居間に急いで、引き出しを開けた。

「キャッシュカードが！」

「明菜ちゃん、暗証番号は？」

亘が訊くと、香織は自信なさそうに首を傾げた。

「いえ……。でも、ＡＴＭで私が操作するのを横でよく見ていたので、もしかしたら……！」

「お嬢さんを連れ出したのは、逃走資金を引き出させるためでしょう」

右京のことばを受けて、亘がスマホを取り出した。

「青木に連絡しときます」

二

所轄署に設けられた捜査本部で、伊丹や芹沢たちが被害者の部屋から押収したパソコンを調べていた。パソコンの中にはとんでもない映像が収められていた。女子トイレを盗撮した映像や女性に無理やり暴行を働く映像など、胸糞（むなくそ）が悪くなるようなものばかりだった。

芹沢が眉をひそめた。

「沢木の奴、ゆすりの常習犯だったみたいですね」

「ろくでもねえな……」伊丹が同意した。

「犯人は食いものにされた奴でしょうね」

芹沢が言ったとき、制服に着替えた益子が指紋の照合結果を持って入ってきた。

「出たぞ。こいつだ。島村裕之（しまむらひろゆき）、四十二歳、警備会社勤務。スピード違反のときに任意で指紋を採っていたようだな。遺体の衣服や部屋のあちこちに指紋を残してた。間違いないだろう」

所轄の捜査員が、島村の顔写真に反応した。

「この男……以前、うちに来たことが。自殺した婚約者のことで調べてほしいと」

「自殺？」芹沢が訊き返す。

「はい」

「婚約者が沢木にゆすられてたのか？」

伊丹が確認したが、捜査員は首を振った。

「いや、詳しくはよく……」

「なるほどな。だから、島村は自分で落とし前つけたってわけか」


特命係の小部屋に戻った右京と亘は、ホワイトボードに描き出した人物相関図を見ながら、事件を検討していた。

そこへ組織犯罪対策五課長の角田六郎が暇そうに入ってきて、持参したマグカップに特命係のコーヒーサーバーから中身を注いだ。

「どうだった、猫のお礼？」

ふたりは角田ののんきな質問を無視して検討を続けた。

「それにしてもおかしいですねぇ」右京が疑問点を挙げる。「島村は現場に多数の指紋を残していたそうです。犯行を隠そうとする意思がなかったように思えます。それなのに、なぜ今になって逃げようとしているのか？」

「実際、自分がしでかしたことへの恐怖からでは？」

亘が仮説を披露したところへ、角田が口をはさむ。

「うん？　なんの話？」

そのときサイバーセキュリティ対策本部の青木年男がノートパソコンを持って入ってきた。恩着せがましくパソコンの画面を見せる。

「言われた通り、調べてあげましたよ。現場のマンション付近のATMは十四カ所。防犯カメラ映像にアクセスして調べたところ、そのうちのひとつに女の子の姿が映ってました。この子でしょ？」

画面に明菜が映った。ひとりでATMを操作していた。亘は映像の時刻に着目した。

「一時間前……もし、これで明菜ちゃんを連れ出す理由がなくなったとすると……」

「ええ。急がなければなりませんねえ」

右京がスーツの上着を取り、出かける準備をはじめた。

「なに？　この少女が家出か？」

角田が訊いたが誰も答えず、青木はパソコンを閉じた。

「じゃあ、僕はこれで」

右京が青木の前に立ち、左手の人差し指を立てた。

「青木くん、君にもうひとつお願いがあります」

「はあ？」青木が不満そうな顔になる。

角田は誰からも相手にされなかった。

「だから、なんなの⁉」

伊丹と芹沢は、被疑者である島村裕之が交際していた半井瑞穂(なからいみずほ)の家を訪ね、その母、靖子(やすこ)から話を聞いた。

靖子はやつれきっていた。「やっぱりやったんですね、あの人……」とつぶやいた。

「瑞穂は沢木という男の店で働いていたことがあって、その、無理やりに関係を……店はすぐ辞めたようですが、沢木は裕之さんとの婚約をどこかで知ったみたいで、写真も映像も残っている、バラされたくなかったら言うことを聞けと……」

靖子が仏壇から娘の遺書を持ってきた。

「これを読むまで、わたし、なにも知りませんでした。あの子がどんな思いでこれを残していったのか……。誰にも言えずに、ずっとひとりで苦しんでいたんです。こんなことがあったなんて。なんにも気づいてやれなかった！　ごめんね……」

遺書はこう結ばれていた。

——お母さん、ごめんなさい
裕くん、ごめんね

伊丹と芹沢の耳に、靖子のすすり泣く声が切なく響いた。

その頃、島村は明菜と一緒に路線バスに乗っていた。吊り革を握る腕を見上げる明菜の視線に、島村が気づいた。

「なんだ？」

「時計、止まってる」

島村が時計に目をやる。

「ああ、本当だな。殴ったとき、壊れたんだ。どうでもいい。どうせ俺の時間は、去年から止まってる」

腕時計を外してポケットにしまう島村を見上げて、明菜がぽつんと言った。

「あたしも」

「えっ？」

「妹が死んだの。脊髄（せきずい）が悪くて、手足が不自由だった。よく爪を切ってあげたよ」

「その歳でか……早すぎるな」島村は驚いたようだった。「俺は瑞穂を失ってから、今日の日のことばかり考えてた。散々だった俺に、人生がいいものだって教えてくれたのはあいつだ。あいつのいない世界に……もう未練はない」

「聞かせて」明菜が島村の服の裾をつかむ。

「なにを？」島村は戸惑いを隠せなかった。


明菜が利用したATMはコンビニの中にあった。右京と亘はコンビニの店員に明菜のことを聞いたが、反応は思わしくなかった。

「誰もふたりを見た覚えがないなんて」

首を傾げる亘に、右京が同意した。

「ええ。わずか一時間前です。普通に考えれば、怯えている子供は印象に残りやすいはずですがねえ」

「普通に振る舞うよう、脅されていたんですかね？　そもそも、なんでこんな人目につきやすい場所のATMを選んだんでしょう？」

右京はコンビニの前のバス停に目を留めた。

「もしかしたら、島村はこの路線バスに乗るためにこの通りに出てきたのかもしれませんねえ」

亘が疑問を呈した。

「なにか目的を持って移動してる……？　矛盾してません？　そもそも逃げるつもりがなかったわりには、この辺りの道に詳しすぎます」

「ええ。気になりますねえ」

その頃、益子と青木はとある空き地にいた。拾った枝で水溜りの中を探る青木に、益子が訊いた。

「本当にここか？」

「だから、間違いないです。この僕が調べたんですよ」青木は自信を持っていた。「沢木のスマホのＧＰＳは、たしかにこの辺りで切れてました！」


島村と明菜が乗った路線バスはいつしか乗客がまばらになっていた。一番後ろの席に座った島村は、明菜に訊かれるまま、今回の犯行について淡々と語った。

「近所のスーパーに行った。ふだん料理しないから驚いたよ。たくさん種類があるもんだと思って。どれにしようかいろいろ悩んで、結局小さくて持ち運びしやすそうなものにした」

「うん」明菜が相槌を打つ。

「マンションに着いて呼び出すと、あいつ、携帯でメールしながら出てきた。一発で決めるつもりだった……。だけどあいつは……俺の握ったナイフを見るなり、『やめて、助けて！』って叫びだした。パニックになったよ。手が汗でぬるぬる滑って、ナイフに力が入らない。黙らせようとして、何発も殴った。頭をつかんで何度も床に打ちつけた。

あいつは死んだよ」

　島村の両手にははじめて人を殺したときの感触が生々しく残っていた。明菜が島村の顔を見上げた。

「すごいね」

「なにが？」

「おじさん、恋人のためにそこまでできるなんて」

　島村は毒気を抜かれたような顔になる。

「俺が怖くないのか？」

「どうして？」


　バスを降りた島村は、怪しまれないように明菜と手をつないで歩いた。しかし、すぐに警察官が近づいてきたので、島村は覚悟を決めた。ところが警察官は島村を殺人の被疑者として捕まえに来たのではなかった。

「ちょっと。靴紐（くつひも）、ほどけてますよ、お父さん」

「あっ、はい」

　島村はほっとして靴紐を結び直した。

「あの……」明菜が警察官に話しかける。

「な～に？」

今度こそおしまいかと腹をくった島村の耳に、明菜の意外なひと言が飛び込んできた。

「七丁目って、あっち？」

「そうだよ」

「ありがとうございます」警察官が去るのを待って、明菜が島村に言った。「……だって」

その頃、右京と亘は路線バスの営業所を訪れていた。問い合わせに応じてくれたのは、女性の従業員だった。

「たしかに乗っていたそうです。二十七番の運転士が、その親子なら産業プラザ前で降りたと」

「それは何時頃でしょう？」

右京が訊くと、従業員はすぐに答えた。

「二十分ほど前のことです」

「ありがとうございました」

「あった！」

同じ頃、空き地では落ち葉の下に隠されたスマホを青木が見つけたところだった。

青木は持参したパソコンに沢木のスマホをつなぎ、島村が最後に見た画面を表示した。

「島村が最後に見たのはメールのようですね」

画面には沢木が小田桐徹という人物から受信したメールのフォルダが表示されていた。

「その『小田桐徹』っつうのは何者だ？　何度も連絡取り合ってるな……」

益子が質問する。青木がメールを開いた。

——振込額が少なすぎる　お前ばっかり毎回楽して　金持っていきやがって
——前回の分もまだ足りてないよな？　早くよこせ
青木がメールの文面に目を通してから答えた。

「なんか金の取り分のことで揉めてますよ。沢木の悪仲間じゃないですか？」

右京の運転する車の中で、亘は青木からの電話をスピーカーホンに切り替えた。青木は小田桐のプロフィールを亘のスマホに送った上で、電話を寄こしていた。

——これまでにも何度も恐喝や暴力沙汰で捕まってます。沢木とは、学生時代からの付き合いのようですね。

「なるほど。よくやった」

電話を切った亘に、右京が推理を語る。

「島村は当初の計画を変更しています。おそらく、復讐の相手がひとりではなかったことに気づいたのでしょう。島村は沢木のスマホのメールのやりとりを見て、小田桐の存在を知り、登録情報から、小田桐の居場所を調べてそこに向かったんです」

「つまり、逃げてるんじゃなくて、次の相手を殺しに行った」

「ええ」

「子連れで？」

亘は腑に落ちないようすだった。

「ともかく、急ぎましょう」

右京がアクセルを踏んだ。

三

島村と明菜はライブハウスのある建物の外階段に座っていた。島村にとって、明菜はここへ来るまでの人質に過ぎなかった。用が済んだので帰そうとしたのだが、明菜は帰ろうとしなかった。

「まだ来ないのかな？」明菜は小田桐が現れないのを知ると、首に下げたお守りの中から小さな白い塊を取り出した。「見て、これ」

「貝殻か?」

明菜は首を横に振り、「妹。こんな、小っちゃくなっちゃった」

島村がことばを失うと、明菜が続ける。

「突然だった。急性心不全だって。大人は馬鹿だね」

「違うのか?」

「違うよ」

「どうしてわかるんだよ?」

「お母さんが殺したから。許せない……!」

明菜の目の奥に灯る暗い光に気づき、島村はぎょっとした。


捜査本部では伊丹と芹沢が、押収したパソコンの中の映像を繰り返し見ていた。

「沢木の動画の中に、半井瑞穂さんを見つけました。……で、ここなんですが」

芹沢が映像をストップさせた。沢木が瑞穂に乱暴するところを網入りガラス越しに撮った場面だった。背景が暗かったため、ガラスに撮影者の顔が映り込んでいるのに、伊丹も気づく。

「こいつ……」

「小田桐徹です」

芹沢が応え、顔認証システムで犯罪者データベースと照合する。

「ふたりは共犯だったか……」

しばらくして、金属のじゃらじゃら鳴る音が聞こえてきた。腰にいくつも下げたキーを鳴らして小田桐がライブハウスに到着したのだ。

「俺には必要ない。もう行け！」

島村は余った紙幣を明菜のポケットにねじ込んだ。小田桐は腰に下げたキーのひとつを使って入り口の鍵を開けていた。島村はライブハウスの中に入ろうとする小田桐の背後に立った。

「小田桐徹」

「あ？」

振り返った小田桐に、島村はナイフをかざし、雄たけびをあげて襲いかかる。揉み合いながら室内に入った島村は、小田桐をテーブルの上に押し倒した。そのままナイフを振り下ろそうとしたが、腕力では小田桐のほうが勝っていた。島村の手を払ってナイフを落とし、逆に島村の上に馬乗りになって、パンチを繰り出す。数発殴るうちに、島村の抵抗が止まった。半分意識を失って、床から起き上がれなくなっていた。小田桐はナイフを拾い上げると、再び馬乗りになり、頭上に振り上げた。

そのときなにかが小田桐の背中に当たった。明菜が島村を助けようと、壁に立てかけてあった長い棒で小田桐の背中を突いたのだ。

小田桐が振り返る。そこに少女がいたので一瞬面食らったが、興奮した小田桐は抑制が利かなかった。

小田桐は立ち上がり、ライブハウスの隅にあとずさった明菜の前に立った。明菜は近くにあったギターを振りかざしていた。難なくギターを奪い取り、放り投げる。

「なんなんだよ、お前……」

ナイフを持った小田桐が前に出た瞬間、亘と右京が飛び込んできた。亘は瞬時に状況を把握すると、小田桐を組み敷いて、ナイフを手から払った。

右京がしゃがんで明菜に話しかけた。

「大丈夫ですか?」

右京の目が床に残った擦り傷をとらえた。

数時間後、捜査本部では伊丹が明菜に向き合っていた。

「えらい目に遭ったね、お嬢ちゃん。おじさんにお話聞かせてくれないか」

精いっぱい優しく接しても、リュックを強く抱きしめたままでしゃべろうとしない明菜に伊丹が閉口していると、芹沢が交代した。

「だから、顔。怖いんですよ、先輩。ごめんね。なにがあったか、詳しく聞かせてくれるかな？」

「出かけようとしたら、廊下に血だらけのおじさんがいて……。怖くて、言われた通りに着替えとか渡しました。そのあと、無理やり連れてかれて……」

「とんでもねえ野郎だな……」

伊丹が舌打ちする。

「ほんと、無事でよかったね」

芹沢は笑顔で応じた。

少し離れたところから、右京が事情聴取のようすをじっと眺めていた。


小田桐徹に対しては、芹沢も強く出た。

「沢木とグルなのは、知ってんだよ。金の取り分で揉めてたそうじゃない」

「なんのことですか？　沢木とは学生のときからの付き合いで、貸した金返せよって、それだけのことっすよ」

とぼける小田桐を、強面（こわもて）の伊丹が怒鳴りつける。

「おい、いい加減にしろよ。半井瑞穂さんは自殺までしてんだ。この動画、撮影してたのはお前だろ」

「知らねえっすよ」

　小田桐はしらばっくれて、不敵に笑った。


　その夜、捜査本部の一角で両親が迎えに来てくれるのを待っていた明菜がお守りを大事そうに触っているのを、右京は見逃さなかった。

「それは、妹さんのかな？」

「うん。いつも一緒にいる」

「今日はどこへ行こうとしていたのですか？」

「えっ？」

「リュックの中に着替えなどが入っていたので、ずいぶん長い間、家を空けるつもりだったのかと」

　少し間を空けて、明菜が答える。

「親子で旅行してるみたいなほうが自然に見えるからって、おじさんが」

「君は頭のいい子です。もし無理やり連れ去られたのなら、周りの人にきっと危険を知らせようとしたはずです。ところが、君を捜してる間、誰も君のことを記憶に残していませんでした。それは、無理やりではなく、君が自分から島村についていったからではないですか？」

　右京が疑問をぶつけたが、明菜は認めなかった。

「怖い人についていこうなんて思わないよ」

「では、なぜコンビニでお金を下ろしたとき、店員さんに助けを求めなかったのでしょう？　島村は店の中に入ってこなかったのですから、その機会はいくらでもあったはずですねえ。僕には、それが不自然に思えるんですがね」

「言われたことをやるのに必死だったから……」

「そうですか」

　右京が次のことばを探していると、明菜が訊いた。

「あの猫、どうしてる？」

「とても元気にしているそうです。君のおかげだと、飼い主さんが喜んでいましたよ」

「妹がね、猫欲しいってよく言ってた。ずっとベッドにいるのは退屈だって」

「とても重い病気だったそうですねえ」

「お母さんに聞いたの？」

「ええ」

　明菜はなぜか顔を伏せてしまった。

亘は島村が運び込まれた病院で、島村が目覚めるのを待っていた。咳をする声が聞こえたのでベッドのほうへ行くと、顔中に包帯を巻き、絆創膏を貼った島村が、上体を起こし、心配するように言った。

「あ……あの子は？」

「無事です」

亘が答えると、島村がすがりつくようにして訴えた。

「違う。そうじゃないんです」


右京はなおも明菜に話しかけていた。

「ところで、君は小田桐が怖くなかったのですか？」

「どうして？」

「島村でさえ、かなわない男ですよ。君は立ち向かったそうですね」

「だって、おじさんをほっとけないじゃない」

明菜はさも当然といった口ぶりだった。

「悪いことをして、君を誘拐した男ですよ」

そこへ明菜の母親の香織と、父親の邦彦が飛び込んできた。

「明菜！」

「よかった！」

「痛いとこない？　怖かったでしょ？」

「大丈夫？」

両親が安堵（あんど）の声を漏らして抱きしめても、明菜は笑みのひとつも浮かべなかった。

右京は捜査本部のパソコンで若菜の死亡診断書を閲覧していた。そこへ伊丹が芹沢とともにやってきた。

「今日はお疲れさまでした。子供が絡んでることですから、一応お礼を」

「明菜ちゃん、無事でホッとしましたね」

事件が解決してすっきりした顔の芹沢に、右京が異論を唱えた。

「これで解決したと言えるのでしょうか？」

「はあ？」

「沢木と小田桐の現場にあった、床の擦り傷が気になります」右京は細かいことが気になる性質（たち）だった。「なにより、明菜ちゃんという子が、僕にはまだ理解できていません」

「そりゃ、警部殿にはわからないでしょう。お子さんがいらっしゃらないんだから」

苦笑する伊丹を、芹沢が茶化す。

「先輩もでしょう」

伊丹は舌打ちして、「なにが気になっているんです？」

「どうやら明菜ちゃんは島村に共感を抱いて、自ら行動をともにしていたようです。お互いに大切な人を失っている。明菜ちゃんには、島村の気持ちがよくわかったのでしょうね」

芹沢が目を瞠る。

「誰かに復讐しようとしてるってことですか？」

「その可能性もあります。ただ、もうひとつ考えられることが……」

右京が左手の人差し指を立てた。

島村は病室で、亘に真相を語っていた。

「あの子は、自分からついてきたんです」

島村が語るにはこういうことがあったようだった。沢木を殺した島村が着替えを求めてマンションの廊下をうろついていると、たまたまリュックを背負って自宅から出てきた明菜と鉢合わせした。島村は明菜を自宅に戻し、着替えがないか尋ねた。はじめから明菜にはなにもするつもりはなかった。

「すまない。君にはなにもしない。着替えたら出て行く。俺はただ、瑞穂を殺した連中を許せないだけだ」

正直に告白すると、明菜は「みずほって誰?」と訊いてきた。

「俺の大事な人だ。たったひとりの。すべて終わったら、俺も死ぬ！　だから、誰にも言わないでくれ！」

そう懇願すると、明菜はうなずき、寝室のクローゼットに島村を案内したという。

「俺が池袋に行くんだと言うと、わざわざバス停まで教えてくれた。途中、金まで下ろして」

亘は明菜の行動が理解できなかった。

「明菜ちゃんから?　どうして?」

「いや、わからない。俺の話をいろいろ聞きたがったりして……。あの子、復讐に興味を持ってるのかもしれない。妙なこと、言ってたな。妹は母親が殺したって」

亘は病室を出ると、スマホで右京に島村から聞いたことを伝えた。

――急ぎましょう。

右京が緊迫した声で言った。

四

明菜は母親がすっかり寝入ったのを見計らって、玄関から出ていこうとした。ところが玄関を出ると、右京と亘が立っていた。それを見て、明菜は立ちすくんだ。

「こんな時間にどこ行くのかな？」

亘の質問に答えず、明菜が室内に戻ると、部屋の明かりが点いた。香織が異変に気づいて起きてきたのだった。

「いったい……」

状況が呑み込めない香織に、勝手に上がってきた右京が断る。

「夜分にすみません。少し明菜ちゃんと話をさせてもらえますか？」

「はい」

「君は、妹さんのところへ行こうとしたのではないですか？」

明菜はむくれたように口を閉ざした。香織が不安を募らせた。

「どういうことですか？」

右京が明菜の手を取った。指先の爪が歪んで波打っていた。

「初めて会ったときから、この爪が気になっていました。わずか十歳の子供がこれほどまでにストレスを抱えるとはどういうことなのか……。体は正直ですねえ。君はとても苦しんでいたんですね」

「なんでそんな……？」

訳がわからず問いかける香織に、亘が厳しい真実を告げる。

「妹さんの死は、あなたに原因があると思ったからです。だから、あなたのことが憎くて仕方なかった。でも、母親に復讐することなんてとてもできない」

右京が少女の心情をトレースした。

「だから今日、ひとりで留守番しているときに家を出る決心をしたんですね。リュックサックに荷物を詰めて、家を出た。ところが、そこでばったり島村に出くわしてしまった。大切な人を失ってしまった者同士、気持ちが通じたのでしょうねえ。そして、復讐が終わったら死ぬという島村のことば……。君も同じ気持ちになった。死ねば、妹さんのところに行けると思ったのでしょ？　死んでも構わないと思っていたから、小田桐に立ち向かうことも怖くなかったんですね」

「明菜……。どうして？」

明菜が冷たい声で答える。

「お母さんが若菜を殺したから」

「なに言ってるの？」

「だって、若菜、言ったもん！」

明菜が感情を露わにした。明菜はあの日のことを鮮明に覚えていた……。

その日、明菜が学校から帰ってくると、香織が若菜を強く叱っていた。

「何度言えばわかるの！　おとなしく寝てなさいって言ったでしょう！　いい加減にし

なさい！」

　そして明菜がいるのに気づくと、取り繕うように言ったのだ。

「じゃあ、お母さん、パートに行ってくるから、あと頼んだわね」

　明菜は「うん」とうなずき、若菜の寝ているベッドに行った。すると若菜が明菜を呼んだ。

「お姉ちゃん」

「なあに？」

「ちょっと汗かいちゃったの」

「わかった」

　汗を拭いてあげようと若菜のパジャマを脱がせると、そこには青黒い痣があった。

　驚く明菜に、若菜は「お母さんがね……」と告げ、「内緒だよ、ふたりだけの」と付け加えたのだった……。

「どうしたの、これ？」

　明菜の話を聞いた香織が反論する。

「だから、それは……ベッドから抜け出そうとしてできたものなの。何度も立ち上がろうとして転んだのよ。心配で怒ったの！」

明菜は母親のことばが信じられなかった。

「ほったらかして、いつも働きに出てた！」

「治療にお金がかかったの」

「あの日も、朝は元気だった！」

「もうやめて……。あの子は急変したの。どうすることもできなかったのよ」

話を打ち切ろうとする香織を、明菜が断罪する。

「嘘つき！　いつも『疲れた、疲れた』って、ため息ばっかついてたくせに！」

そのとき右京が割って入った。

「妹さんが病気で亡くなったのは、間違いありませんよ」

「嘘だよ」明菜は聞く耳を持たなかった。

「病理解剖の結果も同じだった。脊髄炎の後遺症による急性心不全。不審な点はない」

亘が丁寧に説明しても、明菜は受け入れなかった。

「嘘だって！」

「ええ、そう。嘘だったんですよ」右京が思いがけないひと言を放つ。「ずっとベッドで寝たきりだった妹さんは、いつも元気なお姉ちゃんがうらやましかった。それで、もっと構ってほしいと気を引きたくて、つい嘘をついてしまった。妹さんは自分でベッドから落ちて、痣を作ったのですよ」

「若菜ちゃんは、お姉ちゃんのことが大好きだったんだろうね」

亘に慰められ、明菜はことばを失くした。

「明菜ちゃん、もう、自分を許してあげなさい。妹さんの命を守れなかったのは、君のせいじゃありませんよ。たとえ、どんなに苦しくても、自分から死のうとするのは間違っています。妹さんは限りある命を一生懸命生きました。ですから、君も生きてください。妹さんの分もね、生きてください」

右京の説得が明菜の凍った心をじんわりと解かした。明菜は大声をあげて泣きはじめた。右京が優しくその背中をさすった。

翌日、右京と亘は島村の病室を訪れた。

「明菜ちゃん、心配してたような子じゃなかったですよ。大事な人を失って、死ぬことでしか救われないと思い込んでいた、そういう女の子でした」

亘が報告すると、島村は目を伏せた。

「俺のせいです。自分のおこないを正義であるかのように話した。だから、あの子も……。間違ってると伝えるべきでした。復讐なんかしても、気持ちは晴れないんだって」

「それがあなたの答えですか？」亘が訊く。

「今は人を殺した後悔と虚しさだけです。瑞穂もこんな俺を望んでない。馬鹿ですね……。そんなことも気づかなかったなんて」

右京が島村の意表をつく。

「沢木を殺したのは、別の人間ですよ」

所轄署の取調室では、伊丹と芹沢が小田桐を取り調べていた。

「お前は自分の取り分が沢木より少ないことにムカついて、沢木の部屋に行った」

伊丹が迫っても、小田桐はとぼけるばかりだった。そこで伊丹は、押収した鍵の束を取り出した。

「お前が、腰からじゃらじゃらぶら下げてたこいつを調べさせてもらった」

「あんた、島村とだけじゃなく、沢木ともやり合ったんだな。鍵の溝を調べたら、沢木の部屋の床と同じ材質のものが出てきた」

芹沢のことばで、小田桐の顔色が一変した。そして一転、自供をはじめた。

「そうだよ。あのとき沢木の部屋に金をもらいに行くと、血まみれのおっさんが出てきた。部屋に入ると、沢木が床に倒れていた。俺は金庫を開けて金をいただこうとした。すると、死に損ないの沢木が襲ってきた。今なら全部、あのおっさんのせいにできると思って……」

話を聞いた島村がつぶやく。

「馬鹿ですね……」

「殺意など、持つものではありませんねえ。まったく人間を変えてしまうのですから」

右京はそう言って、ドアのほうを向いた。「あなたに会いたがっている人がいます」

ドアが開くと、そこには秦野香織と明菜が立っていた。明菜がベッドへ駆け寄ってくる。

「無事でよかったよ」

島村のことばに、明菜が笑顔で応じた。

「おじさんも」

「明菜ちゃん……俺はね、止まってた時間がやっと動き出したような気がしてるんだ。君は？」

「うん、あたしも」

亘が「行こうか」と促すと、明菜は手を振りながら母親のもとへ戻った。そしてドアを閉めて去っていく。

「あの子、あんな顔して笑うんですね」

島村がしみじみと言った。

「もう心配いりません。止まっていた時間が動き出したのですから。これからは、前に向かって生きていくでしょう。ですから、あなたも犯した罪ときちんと向き合ってくださいね」

　右京のことばに、島村が深々と頭を下げた。


　角田が特命係の小部屋に油を売りに来ると、亘がかりんとうを皿に広げていた。

「おい。なにこれ？」

「あっ、益子さんからです」右京が答えた。

　角田も経緯（いきさつ）を聞いていた。

「ああ、例の手土産か」

　亘が説明する。

「益子さん、結局、お礼を渡しそびれたようですよ」

「ああ……あんな騒動のあとじゃな」

　納得する角田に、右京が言った。

「ですが、益子さんは明菜ちゃんがいい子だと、最初からわかっていたそうですよ」

「なんで？」

　答えたのは亘だった。

「益子さんちのメイちゃん、とても気難しい子で、なかなか人にはなつかないんだそうです」

「猫好きに悪い人はいないってか」

角田はそうつぶやいて、かりんとうを口に運んだ。

第三話
「声なき声」

一

　東京都千代田区のビルの屋上から男が落下して死亡した。その現場検証に、警視庁捜査一課の伊丹憲一と芹沢慶二が駆けつけてきた。カバーをかけられた遺体の周辺には大量の書類が散らばっていた。

　伊丹がカバーをめくる。四十歳くらいのスーツを着た男の遺体が現れた。眼鏡が半分顔から外れかけている。伊丹は男が履いている五本指ソックスに目をやった。

「靴、履いてないな」

「飛び降りですかね？」

　芹沢がすぐ隣に立つビルを見上げたとき、鑑識課の益子桑栄がやってきた。

「おう、来たか」

「自殺か？」伊丹が端的に訊く。

　益子は首を横に振った。

「いや、いま上を見てきたが、ホトケの靴がどこにも見当たらねえ」

「じゃあ、殺しか……」

　益子が書類を読み上げる。

「遺体の身元は、片桐晃一（かたぎりこういち）。厚生労働省『かとく』の職員だ」

「かとく？」

芹沢はそのことばに聞き覚えがなかった。

そこへどこからともなく、特命係の杉下右京が現れた。

「通称、かとく。過重労働撲滅特別対策班のことですねえ」

「来たよ……」

伊丹がぼやいたところに、右京の相棒の冠城亘も姿を現した。

「厚生労働省の職員ならば、特別司法警察職員として、違法な事業所を捜査して、検察庁に送検する権限も持ち合わせている。企業絡みの摘発をし、口封じに殺された可能性も考えられますね」

いきなり仮説を披露した亘を、芹沢が牽制（けんせい）する。

「またまた勝手な推察を」

「はいはい。おふたりの鼻のよさには敬服しますがね。野次馬はどうぞお引き取りください。おい、芹沢、上行くぞ」

伊丹は特命係のふたりを邪険に扱うと、芹沢を伴ってビルへ入っていった。

右京と亘はその場に残って、遺体を検（あらた）めた。右京が周囲に散らばる書類に目を向ける。

「働き方改革」に関する啓発のチラシのようだった。

遺体が運ばれていくのと同時に、ふたりは現場から立ち去ろうとした。そのとき亘は、立入禁止の黄色のテープの向こうに、驚愕したような表情でこちらを見ている男がいるのに気がついた。

「右京さん、あの人」

「ええ」

男が踵を返して立ち去っていく。ふたりは急ぎ足であとを追う。すぐに男に追いついた。

「すみません。いま運ばれた方はお知り合いですか？」

右京が背後から問いかけると、男は驚いたように振り返った。

「はい？」

右京は男の正体を知っていた。

「ジャーナリストの中川敬一郎さんですね？」

「ええ……そうですけど」

亘も知っていた。

「中川敬一郎といえば、いわば、真実を追う男の代名詞。狙われたら最後、骨の髄まで晒されてしまいますからね」

「ええ」右京がうなずく。「『東洋新聞』のエース記者として活躍されているときから、さまざまな事象を鋭い切り口で取り上げ、声なき声にも耳を傾ける……その姿勢には敬服していました」

「あの……あなた方は？」

「あっ、これは失礼。警視庁特命係の……」

スーツの内ポケットから警察手帳を取り出そうとする右京を、中川が制した。

「杉下右京さんですか？　それと冠城亘さん？」

亘は右京と顔を見合わせ、中川に向き合った。

「もしかして、僕たちのことも調べてたり？」

「いや、実は『フォトス』の風間くんとは古い知り合いなんです」

「そうですか、風間楓子さんと」

右京が腑に落ちたようにうなずくと、中川が質問した。

「あの……もしかして亡くなったの、『かとく』の片桐さんですか？」

「ええ、たしかにそうですが」右京が認めた。

「そうですか……」

中川が考え込むような顔になったとき、若い男が駆け寄ってきた。

「中川さん、すぐオフィスに戻ってもらっていいですか？」

「西嶋……」

「詳しくはオフィスで」

西嶋が中川の背中を押すようにしてその場から離れようとする。

「失礼します……」

中川は特命係のふたりに軽く会釈して、西嶋と一緒に去っていった。

ふたりの背中を見送りながら、右京が疑問を呈した。

「なぜ、遺体の身元が『かとく』の片桐さんだとわかったのでしょうねえ？」

「ええ。通報されてまだ間もないはずなのに」

亘が同意を示すと、右京が持ち前の好奇心を発揮した。

「気になりますねえ」


右京と亘は、とあるカフェのテラス席に風間楓子を呼び出し、中川について話を聞いた。

「ええ。中川さんとは、たまに会って情報を探り合う仲です」

楓子がコーヒーを口に運びながら認めた。

「中川敬一郎が『フォトス』の記者とね……」

亘がなにげなく漏らしたひと言に、楓子が噛（か）みつく。

「えっ？　それ、どういう意味です？」

「あっ、いやいや」

　右京が話を戻した。

「情報を探り合う仲でしたら、最近、中川敬一郎氏がなんの取材をしていたのか、もちろんご存じですよね？」

「最近だと、やっぱりあれじゃないですか？　あの、遊具による児童の死亡事故」

「ああ、学校が点検を怠ってたってやつね」

　亘が事件を思い出す。記憶力のよい右京はもちろん覚えていた。

「当初は、児童の遊び方に問題があったかのように報道されていましたが、実は学校側が整備点検を怠っていたことが原因だったと判明した事件ですねえ」

「それを最初に突き止めたのは、中川さんですから」

「なるほど。ですが、学校側の責任が発覚してから、すでに三週間ほど経過しています。その後はなにを？」

　楓子がカップを置いて、身を乗り出した。

「どうして、そんなに中川さんのことが気になるんです？」

「実は、とある事件の現場で中川氏の姿をお見かけしたものですから」

「現場で見た？　その事件と中川さんがなにか関係してるってことですか？」

「それはまだ、なんとも言えませんがね」

ポーカーフェイスの右京の顔色を窺うように、楓子が目を細めた。

「でも、杉下さんが気にされているってことは、絶対なんかありますよね」

いいネタを仕入れたとばかりに、軽やかに去っていく楓子の後ろ姿を見送りながら、亘が訊いた。

「いいんですか？　なんか逆に子猫に餌与えちゃったみたいで」

右京が紅茶に口をつけた。

「君にしては、細かいことを気にしますねえ」

「右京さんに言われたくないですけどね」

「おやおや」

「で、右京さんはこれからなにを調べようとしてるんです？　まさか、遊具事故についてでも？」

「中川敬一郎氏はなぜ片桐晃一さんの転落死現場にいたのか。彼はなにを探ろうとしていたのか。まずは、それを調べてみようかと。それに、あの事故には少々気になることもありますのでねえ」

「気になること？　転落死事件なら、『かとく』の線から捜査したほうが早いと思いますが」

亘の意見に、右京は「別に無理して一緒に行動しなくても構わないのですよ」と応えた。

「じゃ、遠慮なく」

亘は伝票を右京の前に置くと、いそいそとカフェから立ち去った。

伊丹と芹沢は厚生労働省へと出向き、過重労働撲滅特別対策班のリーダーである立花典子から事情を聴こうとしていた。

しかし、典子は頑なだった。

「ですから、調査中の情報はお渡しできません」

「ご自分の部下が亡くなってるんですよ？　真相を明らかにしたいと思わないんですか？」

伊丹が片桐の死を引き合いに出して迫っても、典子は折れようとしない。

「それを調べるのは、あなた方の仕事ですよね？」

「その捜査のために、今、『かとく』が関わっている案件を教えていただきたいとお願いしているんです」

芹沢が懇願しても、典子は首を縦に振らなかった。

「それは、こちらにとっては情報漏洩と同じことなんです」

「頭の固い女だな……！」

伊丹がふと口にしたひと言を、ふらっと入ってきた亘が聞き咎めた。

「それ、セクハラ発言ですよ」

「また出たな」

「あれ？　杉下警部は？」

目を丸くする芹沢に、亘が不満そうに言った。

「俺らがニコイチだなんて、決めつけないでもらえませんか？」

「どうでもいいけど、俺らの捜査の邪魔をするな」

伊丹がいつもの口癖で追い払おうとしたが、亘がことば尻を取った。

「それを言ったら、伊丹さんたちも『かとく』の捜査の邪魔をしてるのと同じですよ」

「こっちは殺人事件だ！」

声を荒らげる伊丹に、亘は冷静に対応した。

「それは、こちらの『かとく』も同じです。過重労働による過労死は後を絶たない。それをひとりでも多く救うために『かとく』は日々、捜査しているわけですから」

「あの……こちらは？」

当惑顔の典子に、亘が自己紹介した。

「あっ、警視庁特命係の冠城です」

思わぬ援軍の登場で、典子の口が軽くなる。

「冠城さんのおっしゃる通りです。今、働き方改革の中で、過重労働を減らす動きにはなっていますが、会社から圧力をかけられ、労働者自身が労働時間の過少申告を強いられることも多い。そんな人たちを少しでも多く助けるために、わたしたち『かとく』は存在しているんです」

「ああ、よくわかります」亘が同意した。

「片桐の件は、もちろん真相を知りたいです。一緒に闘ってきた仲間ですから。ですが、わたしには『かとく』のリーダーとしての責務があります」

亘が典子に訊いた。

「ちなみに、片桐さんはどのような業務を?」

「告発メールの裏取りを主に。告発は匿名のものも多く、まれに企業への嫌がらせに使われる場合もありますので」

「では、せめてその片桐さんが調べていた告発メールだけでも、情報を渡してもらえませんか?」

亘が申し出ると、典子は頭の中でなにやら算段をはじめた。

過重労働撲滅特別対策室を出たところで、芹沢が感心したように声をあげた。

「さすがは元官僚。役人手なずけるの、うまいね」

「彼らは、強い使命感を持って職務と向き合ってますからね。まずそこを讃(たた)えてから、こちらが欲しい情報を引き出さないと」

亘がコツを明かすと、伊丹が口惜しげに応じた。

「ご教示、どうも！」

「じゃあ、手分けして探しましょ」

亘が気軽に放ったひと言に、伊丹が引っかかる。

「手分け？」

典子が提供したデータの入ったＵＳＢメモリーを亘がかざした。

「あれ？　これ、誰のおかげで入手できたんでしたっけ？」


右京は遊具事故が起こった〈条和(じょうわ)小学校〉を訪れ、校庭で遊具が撤去された跡を見ていた。そこへ事故で亡くなった児童の担任であった小橋(こはし)がやってきた。

「お待たせしました」

「お忙しいところ、すみませんね」

「あの、刑事さんが今になってなぜ？」

訝(いぶか)しげな小橋を安心させるように、右京が微笑(ほほえ)んだ。

「あくまでも状況確認ですので、お気になさらずに。事故のあった遊具が置かれていたのはここでしょうかね？」

「ええ。鉄骨を組んだジャングルジムのような遊具で児童が遊んでいたんですが、それが突然崩れ落ちてしまって……。耐えられませんでした。校長が、まるで亡くなった児童の遊び方に責任があったように答えたんで」

取材に対応する校長の姿を思い出して唇を嚙みしめる小橋に、右京が確認した。

「その遊具を購入したのは、去年の三月でしたね」

「はい」

「設置から事故まで、そんなに時間が経っていませんねえ。製造元は〈ヤクトー工業〉ですか？」

「えっ？　ええ、中川さんも同じようなことを」

「そうですか、中川さんも」右京の眼鏡の奥の瞳が光る。「それでは、その遊具の撤去作業をおこなったのはどちらの会社だったのか、おわかりになりますか？」


「おい、暇か？　なんだ……忙しそうだね」

組織犯罪対策五課長の角田六郎が特命係の小部屋にコーヒーを無心しに入ってきたとき、右京はパソコンと向き合い、片桐の転落死に関するネットニュースを読んでいた。

角田もそのニュースサイトのことを知っていた。

「そのサイト、あれだろ？　真実を追う男の」

「ええ。中川敬一郎氏が運営するニュースサイト『ＴＲＵＴＨ』です」

角田がコーヒーサーバーから取っ手にパンダのついたマグカップにコーヒーを注ぐ。

「相手が誰でも、鋭くズバッと斬り込んでいくのが、読んでて気持ちいいんだよなあ」

「そのはずなんですがねえ……」

「うん？」

「いえいえ、独り言です」

角田が部屋を見回した。

「そういや、冠城は？」

「さあ、今頃、どこでなにをしているのやら」

「いいね、自由で」

角田が出ていくのと入れ違いに、サイバーセキュリティ対策本部の青木年男が入ってきた。恩着せがましい態度で、書類を渡した。「通行禁止道路通行許可申請書」という書類のコピーだった。

「ご依頼の件、調べて差し上げましたよ。杉下さんの推察通りでしたよ。申請者は〈ヤクトー工業〉。申請区間は、〈条和小学校〉に続く通りです」

右京が書類に目を通す。

「申請日は、遊具事故の五日後ですか」

「そのようですね」

「どうもありがとう」

青木が右京に顔を寄せ、不満をぶつけた。

「あの、杉下さん、僕のこと、いつまでも特命係の雑用係だと思っていませんか？」

「いえ、そんなこと、ひとつも思っていませんよ。こんなことを頼めるのは、青木くん、君だけですから……」

そこへ亘が帰ってきた。

「はあ？」

「なに、こんなとこで油売ってんだ、お前」

「まあ、俺に会いたい気持ちもわかるけどね」

おどける亘に、青木が悪態をつく。

「別に会いたくありません。できれば一生！」

「よし、じゃあ、帰った、帰った」

「言われなくても戻ります！」

青木は憤然とした足取りで部屋から出ていった。右京はすでに『TRUTH』ではなく、〈ヤクトー工業〉のホームページを読んでいた。屋久島勝(やくしままさる)という恰幅(かっぷく)のよい社長の写真とともに、会社の理念が語られている。右京がそれを読み上げた。

「『安全で楽しく遊ぶ』ですか……」

亘は右京のパソコンを覗こうともせず、探りを入れる。

「なにか、進展ありました?」

「ええ、ほんの少しですが。ところで、君のほうはどうでしたか?」

「まったくです。片桐晃一は『かとく』に送られてきた告発メールの裏取りを主に担当していたんですが、これが告発者にはなかなか会ってもらえず」

ぼやく亘に、右京が言った。

「当然でしょうねえ。告発したことが会社に知れれば、立場が危うくなるでしょうからね」


中川敬一郎がひとりで昼食のそばをすすっていると、風間楓子がやってきた。

「相席、よろしいですか?」

「美人の相席なら大歓迎だ」

楓子は軽く笑って、「相変わらず、ここのおそばがお好きなんですね」と言い、店員に鴨南蛮そばを注文した。

中川が丼から顔を上げた。

「悪いけど、いま渡せるネギないぞ」

「本当にそうですか？　特命係のふたりに会いましたよね？　どこで会われたんです？」

「さあ、どこだったかな？」

中川はとぼけて、再びそばをすすりはじめた。

「『かとく』の片桐晃一さんが転落死した現場じゃないですか？」ズバリ斬り込んだ楓子は、相手の箸が一瞬止まったのを見逃さなかった。「当たりですね。なぜ現場にいたんです？　まさか、なにか事件と関係があるとか？」

中川はそばの残りを流し込むように食べ終えると、慌てて立ち上がった。

「急ぐから」

去ろうとする中川を楓子が呼び止める。

「……気をつけてください。あのふたり、かなりしつこいですよ。特に杉下右京という人は……」

「お先」

中川が去るのと同時に、楓子の鴨南蛮そばが運ばれてきた。楓子はネギを箸でつまみ上げた。

「そう簡単にネギを渡してはくれないか……」

二

翌日は朝から雨だった。

亘が傘を差して〈ヤクトー工業〉を訪れると、よく知った先客がいた。

「あっ、右京さん」

「おや、冠城くん。君がここに来たということは……」

亘が来意を告げる。

「片桐晃一が調べてた匿名の告発メールのひとつに、この〈ヤクトー工業〉について書かれたものがあったので」

「つまり、この会社には過重労働の疑いがあるということですか」

亘は上司の来訪理由が気になった。

「で、右京さんは？」

「例の事故を起こした遊具を製造していたのが、この〈ヤクトー工業〉だったんです」

「片桐晃一と中川敬一郎、繋がりましたね」

「まあ、接点があったに過ぎませんがね」

右京が控えめに答えたとき、恰幅のよい中年男が小走りにやってきた。

「お待たせしました。社長の屋久島です。さあ、どうぞ」

工場の中に入った亘は、数少ない従業員たちが忙しそうに働いているのに気づいた。

「社長もお忙しいでしょうから、なんでしたら我々だけでも大丈夫ですよ。なんか人手も足りないみたいですし……」

屋久島が笑顔で応じた。

「いえいえ、お気遣いなく」

右京が左手の人差し指を立てた。

「では、質問をひとつ」

「はい、なんなりと」

「こちらで製造されている製品の保証期間はどれくらいでしょう？」

「一年、三年、五年と、さまざまなタイプがございますが、〈条和小学校〉で購入された遊具は一年の保証期間のものでした」

「一年ですか……」

思考を巡らせながら復唱する右京に、屋久島が弁解をするような口調で言った。

「ええ。ですが、点検さえちゃんと継続しておこなっていれば、いつまでも使えるものなんですよ」

「事故を起こした遊具は、今どちらに？」

右京の放った質問に、屋久島が答えに窮（きゅう）する。

「えっ？」

「こちらで引き取られたはずですよねえ。事故が起こった直後に」

「ああ……」屋久島は慌てながら、「すでに解体して、その部品は再利用しておりますので、もう……」

「ああ、そうでしたか」

納得したようすの右京の視野を遮るようにして、屋久島が先を急ごうとする。

「ええ。あっ、あちら、どうぞ」

右京は屋久島が隠そうとした、入り口にビニールカーテンがかけられた部屋が気になった。

「あちらの部屋は？」

「ああ、あの部屋は物置です」

「そうですか」

右京は屋久島に微笑むと、亘に目配せした。

「どうぞ」

屋久島が特命係のふたりを奥の事務室に誘導する。右京がついていく間に、亘は踵を返して、屋久島が「物置」と説明した部屋のビニールカーテンを開いた。

「右京さん！」

亘の呼び声に、右京が駆けつける。「物置」のはずの部屋には、アジア系の外国人労働者が立ったままびっしり押し込まれていた。

屋久島が声を荒らげた。

「ちょっと！　なに勝手に開けてるんです⁉」

「どんな物置かなと……この方々は？」

亘の質問に、屋久島は「彼らは今、休憩中なんです」と答え、事務室のほうへいざなった。「あっ、お茶ご用意してますんで」


特命係のふたりが帰ったあと、屋久島は衆議院議員の松下涼介（まつしたりょうすけ）に電話をかけた。

「ええ。警視庁特命係の杉下右京と冠城亘とかいう奴らです。先生のお手を煩わせてしまい申し訳ありませんが、どうかひとつよろしくお願いいたします」

――わかった、わかった。こちらで手を打っておく。

議員会館にいた松下が軽く請け合った。


右京と亘は特命係の小部屋に戻り、厚生労働省過重労働撲滅特別対策班から提供されたＵＳＢのデータを開いた。しばらく調べると、カタカナとひらがな、数字だけでつづられた、つたない告発文が見つかった。文面は次のようなものだった。

──ヤクトーこうぎょうのしゃちょう　うそつき　みんなじきゅう300えん　かわいそう　グエン　しゃちょうにころされたおなじ　たすけてください　おねがいします

「妙に気になったんで、調べてみたところ……」

右京が亘のことばの先を読む。

「このグエンという社員はたしかに在籍していたが、すでに亡くなっている」

「ええ。所轄の調べでは、ホームシックで自殺したことになってるようです」

「自殺ですか……。それはいつのことでしょう？」

亘が即答する。

「遊具事故が起きた三日後です」

「三日後ですか……」

繰り返しながら思考を巡らせる右京に、亘が次の情報を提供した。

「それと、もうひとつ。グエンは、ベトナムから来た外国人技能実習生でした」

「なるほど。彼らは技能実習生ですか……」

「それで、あんな部屋に押し込んで、我々から隠そうとしたんですね。なにか訊かれて、しゃべられては困るから」

「おそらくこの告発メールも、彼らの中の誰かが送ったことで間違いないでしょう」

右京が結論づけたとき、亘のスマホが振動した。亘はディスプレイを確認して、右京に見せた。「中園参事官」と表示されているのを見て、右京には用件の想像がついた。

「あっ、このタイミングで……」


右京と亘が刑事部長室へ行くと、刑事部長の内村完爾が椅子にふんぞり返ったまま、仏頂面でふたりに質問した。

「いま、なにを調べてる？」

「なにも調べてません。僕らに捜査権ないもので」

亘がしゃあしゃあと答える。内村が立ち上がり、右京の前に立った。

「その通りだ。お前たちに捜査権はない。ならば、じっとしていろ。いいな、杉下」

「さしずめ、外国人技能実習制度を推進している高邁な志の方の要請といったところでしょうか」

慇懃無礼な右京のことばに、中園照生が反応する。

「なんだと？　なにも部長は、代議士から言われたから言っているわけじゃない！」

亘がにこりと笑った。

「おお……代議士の先生からですか」

「馬鹿者！」内村が中園を怒鳴りつけた。「お前が口を滑らせてどうするんだ！」

「あぁっ、申し訳ありません！　滑るのは私の頭だけで十分でした」

中園は自分の頭を自虐ネタに使ったが、その冗談も滑ってしまった。内村は中園から顔を背けると、特命係のふたりに申し渡す。

「とにかく余計な捜査をするな。お前たちが動くと話がややこしくなる」

すぐに中園が追従する。

「いいな？　わかったら返事をしろ」

右京は顔色ひとつ変えなかった。

「お話というのはそれだけでしょうか？　では、失礼します」

踵を返す右京に、亘も倣う。

「失礼します」

「おい、返事！　おい、返事は⁉」

中園のことばが刑事部長室にむなしく響いた。

部屋を出た右京は、廊下で亘に次の捜査の指針を示した。

「〈ヤクトー工業〉と関係のある代議士を洗ってみる必要がありそうですねえ」

「子猫に頼んでみますか」

亘の提案を、右京が認めた。

「ああ、いいですねえ」

翌日、右京と亘がニュースサイト『TRUTH』のオフィスを訪れたとき、中川敬一郎は、スタッフの若者たちを集めて指導しているところだった。

「子供の使いじゃないいんだ！　ただ見てきたものをそのまま書いてどうする？　なぜそうなったのか、そこにどんな理由があるのか、さまざまな角度から事象をとらえて、観察して、追及する。それが取材だ」

ちらりと振り返った中川の目が特命係のふたりをとらえて、戸惑いを見せた。

「杉下さん、冠城さん……なにか、ご用でしょうか？」

「ちょっとお訊きしたいことがありまして」

亘の申し出を、中川が「なんでしょう？」と受けた。

「あの日、なぜ片桐晃一さんの転落死現場にいたのか。あのとき、まだマスコミには発表されてなかったはずですが」

「たまたまですよ。偶然、通りかかったんで、それで……。それがなにか？」

「では、なぜご自身で記事にされないのでしょう？」

右京が疑問を口にした。

「えっ？」

不意をつかれた中川の目の前に、亘がタブレット端末を差し出した。『ＴＲＵＴＨ』に掲載された片桐の転落死の記事が表示されていたが、それはごく短いものだった。右京が疑問の続きを口にした。

「『かとく』の職員が謎の転落死を遂げたとなると、ジャーナリストとしてはかなり興味をお持ちになるのではないかと思いますがねえ。それも、偶然にも現場を通りかかったのなら、なおさら。にもかかわらず、片桐晃一さんに関しての記事は……。ああ、たったのこれだけでした。あなたは、現場を見ていたにもかかわらず」

「それは……」中川が口ごもる。

右京が左手の人差し指と中指を立てた。

「考えられる理由はふたつ。誰かからなにかしらの圧力を受けている。もしくは、あなた自身がこの事件に関わっている……」

「私が片桐さんの件を記事にしなかったのは、私見が入ることを懸念したからです。面識のある相手でしたから。『かとく』の件で取材した際に何度か……」

言い募る中川に、亘が言った。

「それで、片桐さんの転落死現場でお見かけしたとき、あんなにも驚いていたんですね」

「ええ……。もうよろしいですか？」

ふたりの前から去ろうとする中川を、右京が引き留めた。

「ああ、最後にもうひとつだけ」

「なんでしょうか？」

「中川さん、あなたはなぜあの遺体が片桐晃一さんだとわかったのでしょう？　運ばれていくとき、遺体にはカバーがかかっていたはずですがね」

「えっ？」

ことばに詰まった中川に助け舟を出すかのようなタイミングで、スタッフの西嶋が声をかけた。

「中川さん。記事のチェック、いいですか？」

「ああ。すみません、配信が迫ってますんで」

中川はなんとか特命係のふたりの追及をかわした。

三

右京と亘はホテルのラウンジ・カフェで子猫を待っていた。約束の時間に遅れてやってきた子猫こと風間楓子は、ふたりに「この貸しは大きいですよ」とささやいてから、席に着いた。

「だろうね」亘が受けた。「でも君も欲しかったもの、手に入れたんじゃないの？」

楓子は軽く笑って、本題に入った。

「〈ヤクトー工業〉のバックには、代議士の松下涼介がついてます」

「松下涼介って、あの厚労族の？」

　亘が確かめる。

「そう、その松下涼介」

　元法務省官僚の亘は政界の事情に詳しかった。

「なるほど……。『かとく』も外国人技能実習制度も、厚生労働省の息がかかってる。松下涼介には、次の閣僚入りを狙って、いろいろと画策してるって噂もある。探られたくない腹があるってことか」

「ご名答」楓子がもうひとつ情報を提供した。「松下の後援会会長と〈ヤクトー〉の社長は、大学の先輩後輩の間柄」

「なるほど」右京も腑に落ちたようだった。「なにかあるのでしょうねえ。それで、〈ヤクトー〉に捜査のメスが入るのを、なんとしてでも阻止したい」

「〈ヤクトー〉が松下の違法な政治献金の受け皿になってるとか」楓子がほのめかす。「表向きは、クリーンな政治家で売ってますけど、裏の顔はかなりダーティーみたいですからね」

「私利私欲のために、外国人技能実習制度の悪用に目をつむるとは……」

　亘が非難した。

「本来は日本で学んだ技術を、帰国後に、母国に役立てるための人づくりを目的とした制度ですよね？」

楓子が訊くと、右京が答えた。

「ええ。しかし、〈ヤクトー〉のように、安く使える労働力を確保するために悪用する企業が後を絶たない」

「本当は彼らも夢を抱いて日本に来たはずなのに……」

亘が歯噛みした。


その夜、右京と亘は〈ヤクトー工業〉の近くの公園で、ベトナム人労働者たちが仕事を終えて出てくるのを待っていた。しばらくすると、疲れきったようすの七名の男女が通りかかった。右京が道を塞ぐように立った。

「お疲れのところ、大変申し訳ありませんが、少しお話をうかがえますか？」

七名を公園のベンチに座らせ、事情を聴く。一番日本語が達者なサムというベトナム人が代表して答えた。

「グエン死んだの、責任感じてたから……」

「責任というのは、遊具事故の件ですね？」

右京の問いかけに、サムたちは大きくうなずいた。

「僕らみんな、朝から夜中まで仕事。みんな疲れてた。でも社長、休ませない」

右京が話の先を読む。

「そうした中で、事故が起きて、児童が亡くなってしまった」

「グエン、ショック。自分のミスだと……。本当は誰のミスかわからない。でも……」

亘がグエンの心中を察した。

「きっと、心も体も限界だったんだね」

サムがうなずく。

「遺書、そう書いてあった」

「遺書？」右京は亘と顔を見合わせ、サムに頼んだ。「その遺書を見せてもらえますか？」

「ここにない。片桐さん、渡した」

「『かとく』の片桐さんですか？」

右京が確認すると、サムが三度うなずいた。亘が右京に耳打ちする。

「遊具事故は、じゃあ……」

「ええ。外国人技能実習制度を悪用した過重労働が引き起こした、人的事故の可能性が高いですねえ」

「あの社長……！」

亘が屋久島への怒りを露わにする。右京はサムに訊いた。

「ジャーナリストの中川敬一郎さんをご存じですか？」

七名のベトナム人が一斉にうなずいた。

「では、中川さんにも同じ話を？」

「した。遺書のことも全部」

サムの回答を受け、亘が右京に言った。

「中川敬一郎さんは全部、知ってたんですね」

「そのようですねえ」

「だったら、なんでこのことを記事にしないんですかね？」

「記事にしなかったその理由がおそらく、今回の事件に謎を生んだのだと思いますよ」

右京が意味深長に語ったとき、亘のスマホが振動した。風間楓子からの着信だった。

「はい」

楓子は喧嘩腰だった。

——どういうこと？

「どういうことって？」

——連行されたのよ。

「連行？　誰が？」

楓子のため息が聞こえた。

――西嶋さんよ。

「西嶋……？」

亘はなにがなんだかわからなかった。


警視庁の取調室で、伊丹と芹沢が西嶋を取り調べていた。

伊丹が遺留品袋に入った一足の履き古した革靴を西嶋の前に置いた。

「近くの公園のゴミ箱から発見された。片桐さんの靴だ。残念だったな。うちの鑑識は優秀でな。見つからないとでも思ってたのか？」

芹沢は防犯カメラの映像をパソコンの画面で再生した。

「シラを切ろうったって無駄ですよ。あなたがゴミ箱にこの靴を捨てた姿、しっかり映ってますからね」

伊丹がここぞとばかりに攻め込む。

「どうして現場から片桐さんの靴を持ち去った？　あんたが片桐さんを突き落としたからじゃないんですか？　黙ってないで、なんとか言ったらどうなんだ！　お前が、片桐さんを突き落としたんだろう！」

そこへ隣室からマジックミラー越しに取り調べのようすを眺めていた右京と亘が現れ

た。右京が断りを入れる。

「少しよろしいですか？」

「また出た……」

伊丹がうんざりした顔になる。右京は気にせず、左手の人差し指を立てる。

「もし、西嶋さんが片桐さんを突き落としたのだとすると、疑問がひとつ」

「疑問？」伊丹が訊き返す。

「靴を持ち去った理由ですよ。他殺を自殺に見せかけるために、わざわざ靴を脱がせて屋上に置いたのならば、納得がいきます」

亘が続ける。

「もしくは下手な小細工をせず、靴を片桐さんに履かせたままにすればよかった。そうすれば、公園の防犯カメラに姿を残すこともなかった」

「ええ」右京がうなずいた。「それなのに西嶋さんは、わざわざ片桐さんから靴を脱がせて持ち去り、公園のゴミ箱に捨てたことになります。それはいったいなんのためでしょう？」

「なんのため、ですか？」

芹沢は答えが思いつかなかった。

「もしかして……」

伊丹は思いついたが、右京が先に答えた。

「ええ。おそらく誰かを守ろうとしているのでしょうね」

右京は西嶋を見つめたが、西嶋は口を閉ざしたまま、目を伏せた。


その日の深夜、中川は誰もいないオフィスで、夢中でキーボードを叩いていた。〈条和小学校〉での遊具事故の背景に、〈ヤクトー工業〉の外国人技能実習生への過重労働があることを告発した記事を書いていたのだ。しかし、キーを打つ手が不意に止まった。

中川は両手で頭を抱えた。


翌朝、右京と亘は厚生労働省の過重労働撲滅特別対策班の部屋を訪れ、立花典子と面会していた。典子は求められた手書き文書をふたりに渡した。

右京が文面に目を通して言った。

「これは、〈ヤクトー工業〉に勤務していた外国人技能実習生、グエンさんの遺書ですね？」

「そうだと思います。ご連絡いただいて、片桐のデスクを探してみたら、引き出しの奥にそれが……」

「あなた、松下代議士からなにか圧力をかけられたりしてませんでした？」

亘がかまをかけると、典子がうなずいた。

「ええ。二週間ほど前でしょうか。突然ここにいらして……」

典子がそのときの状況を語った。

松下は開口一番、こう要求した。

「今後、外国人技能実習制度を取り入れている企業の摘発は控えていただきたい」

「それはどういう意味ですか？　いま、多くの企業が取り入れはじめている制度ですよ」

典子が異を唱えると、松下は薄く笑った。

「だからこそです。日本は、より多くの外国人労働者を受け入れる必要がある。技能実習生たちが過酷な労働を強いられていることが明らかになれば、世間はどう反応する？　この制度は、少子高齢化が加速する日本に必要な制度だ。『かとく』ごときに邪魔されたくないんだよ」

典子は松下の物言いにカチンときた。

「『かとく』ごとき……。我々は全力で職務を全うしています！　今の発言は撤回してください！」

「すぐムキになる。これだから女は……。わからないのか？　君は御輿（みこし）なんだよ。『かとく』初の女性リーダーとして、おとなしく言うことを聞いていればいいんだ。君ひとりぐらい、どこにでも飛ばせる」

松下は典子の肩を叩くと、悠然と出ていった。心配して集まってきた過重労働撲滅特別対策班のメンバーに、典子は毅然として告げた。

「あんな脅しには屈しません。わたしが全責任を持ちます。どうぞ続けてください」

そのとき心配していたのが片桐だった。

「でも、もしそれで立花さんの立場が悪くなったら……」

それでも典子は力強く宣言した。

「皆さんは、自分たちの正しい責務を果たしてください」

典子の話を聞いた右京が推察する。

「松下代議士があなたに圧力をかけたとき、片桐さんはすでにこの遺書を預かっていたのだと思います。片桐さんは、悩んだでしょうねえ。これをあなたに渡せば、間違いなくあなたは〈ヤクトー工業〉の摘発に動こうとするはずです。それはつまり、あなたの立場が危うくなることを意味します。ですから遺書をデスクの引き出しにしまい込んだ。片桐さんは『かとく』を、あなたの立場を守りたかったのだと思います」

その思いを知り、典子はいまは空席となっている片桐のデスクを、涙のにじんだ目で見つめた。

四

その後、右京と亘が、片桐が転落死したビルの屋上を訪ねると、中川の姿があった。

「やはりこちらでしたか。オフィスにうかがったら、いらっしゃらなかったので」

右京のことばに振り返った中川は、部下の身を案じた。

「あの……西嶋は……？」

「完全黙秘を貫いています」亘が答える。

「西嶋が、片桐さんを殺すはずありません。なにかの間違いです」

懸命に訴えかける中川に、右京が推理をぶつけた。

「あなたがそう思われるのは、片桐さんは自殺したと思っているからですね？　あの夜、あなたはここに片桐さんを呼び出したのではありませんか？」

「グエンさんが残した……」亘がスーツの内ポケットから手書き文書を取り出す。「この遺書を入手するために」

「この遺書をどこから……⁉」

目を瞠（みは）る中川に、右京が言った。

「中川さん、あなたも疑念を抱いたのですね？　購入して間もない遊具が、点検を怠ったからといって、そう簡単に結合部分が外れたりするのだろうかと」

「ええ」中川が認めた。「製造過程に問題があったのではないかと疑念を抱き、〈ヤクトー工業〉について調べたんです」

「〈ヤクトー工業〉が外国人技能実習制度を悪用し、彼らに過重労働を強いている事実を知った。そして、その実習生のひとりが遊具事故の直後に自殺したことも」

「ええ」中川は亘の指摘も認めた。「その自殺の前に遺書を残したことも聞きました。そこに自分の過失だと記したことも。その遺書を片桐さんに託したことも。だからあの日……」

　中川はあの夜のできごとを語った。

「知ってるんですよ。あなたがグエンさんの遺書を預かっていることは。それなのにどうして……⁉」

　中川が迫ったが、片桐は「いや……それは……」とことばを濁した。

「あなたが公表しないいんだったら、それを私に渡してください！　そこに書いてあるはずです。あの遊具事故の原因が、過重労働による過失だと示唆する内容が！　あなたたち『かとく』は、過重労働者を救うために存在してるんじゃないんですか？」

　中川は強く訴えた。すると片桐はこう答えた。

「少しだけ待ってもらえませんか。いま〈ヤクトー工業〉を摘発すると、リーダーの立場が危うい状態に……立花は、リーダーは『かとく』に必要な人間なんです」

　中川には、片桐が弱腰に思えた。

「そうしている間にも、また事故が起きたらどうするんですか？　なんの関係もない子供が巻き添えになっても、あなたは平気でいられるんですか！　もういい……。あなたじゃ埒が明かない。直接、立花さんと話します」

　すると片桐が深く頭を下げた。

「待ってください！　この通りです。どうか少しだけ待ってください！　お願いします」

「申し訳ないが、知ってしまった真実を黙っているわけにはいかない。片桐さん、遺書を渡してくれますね？」

　再度要求する中川に、ついに片桐が折れた。

「わかりました。明日の朝、またここにいらしてください。そのときにお渡しします。お願いします」

　中川は、あのときの片桐の達観したような顔が今も忘れられなかった。

「それで翌朝、ここに来てみたら……」

ことばを詰まらせる中川に、右京が推理を語る。

「おそらく、あなたが帰ったあと、片桐さんはすぐに飛び降りたのでしょう。そして、西嶋さんはその経緯を……この屋上の物陰からすべて見ていたのだと思います。西嶋さんは、もしあなたが片桐さんが自殺したことを知ったら、一連のことを記事にはしないだろうと思った。だから、片桐さんの靴を持ち去り、自殺を他殺に見せかけようとしたのでしょう。ですが、あなたは記事にはしませんでした」

「もし、片桐さんが自殺だったなら、彼を追い詰めたのは私です。そう思うと、記事にはできなかった！」

「その贖罪の気持ちから、あなたは真実を公表するのをやめてしまったのですね？」

「彼が、命をかけてまで守ろうとしたものを明らかにする資格は、私には……」

歯を食いしばる中川に、亘がグエンの遺書を渡した。

「これを」

中川が遺書に目を落とす。

そこにはつたない字でこうつづられていた。

——じこおきたの　ぼくのせいです

ねじゆるんでるの　みすごしました

ごめんなさい
ほんとうに
ねむい　いつも　つらい　いつも
つかれた
でも　だれもたすけてくれない！
たすけてほしかった
たすけて
ごめんなさい

遺書を読み終えた中川を、右京が諭す。

「中川さん、あなたはすべての真実を公表すべきでした。ジャーナリストとして、声なき声を伝えるためにも。僕はそう思いますよ」

中川はその場に膝から崩れ落ちた。

翌日、中川の行きつけのそば屋で、楓子が中川と会っていた。

「聞きましたよ、全部」

楓子のことばに、中川が肩を落とす。

「そうか……」

「残念です……。覚えてます？　中川さんと初めて会ったときのこと。わたしがこの仕事をはじめて間もない頃、セクハラ問題を起こした大臣に囲み取材に行ったときのことです」

　十年近く前、楓子が新聞記者たちの間に入ろうとすると、ベテラン記者が、楓子の腕章を見てこう言ったのだった。

「『フォトス』？　報道じゃないんだから、後ろ行ってろよ」

　ベテラン新聞記者の侮蔑的な発言に、頭にきた楓子が言い返した。

「報道の人間が差別発言ですか。あなたのほうが、よっぽど記事になりそうです」

　そしてそのベテラン記者にカメラを向けて、シャッターを切った。すると記者が怒鳴った。

「なにやってんだよ。おい！　やめろ、おら！」

　このとき、ベテラン記者を諫めたのが中川だった。

「あなたの負けだと思いますよ。権力を監視する役割を担っている我々ジャーナリストが、権力を振りかざすような発言はいかがなものかと思いますけどね」

その思い出を語ると、中川は寂しそうにつぶやいた。

「そんなこともあったかな……」

「はい」

「書くのか？」

そう訊く中川の目を正面から受け止めて、楓子が答えた。

「そのつもりです」

「そうか……じゃあ、次号の『フォトス』、楽しみにしているよ」

そう言い残し、中川は席を立った。しばらくして、楓子の注文した鴨南蛮そばが運ばれてきた。

「こんな形でネギなんか欲しくなかった」

楓子の独り言は涙声だった。


数日後、議員会館から秘書たちと談笑しながら出てきた松下の前に、記者たちが群がってきた。戸惑う松下に、記者のひとりがマイクを向ける。

「わかってますよね？」

「なんだよ？　これは……」

事態を把握できていない松下に、記者が続けた。

「議員！　自分の不正献金を隠蔽するために『かとく』に圧力をかけたって本当ですか？」

「なんの話だ？」

状況がようやく呑み込めた松下がとぼけると、別の記者が突っ込んだ質問をした。

「一部週刊誌にありましたよ。遊具事故は、本当は〈ヤクトー工業〉の過重労働に問題があったって。その隠蔽に、松下代議士が関わってたって話じゃないですか」

「違う。私はなにも知らない。私はなにも関係ない！」

懸命に否定する松下の顔が青ざめていくのを、報道のテレビカメラはしっかりとらえていた。


同じ日、〈ヤクトー工業〉に厚生労働省過重労働撲滅特別対策班の摘発が入った。

呆気にとられる屋久島の目の前に、立花典子が文書を突きつけた。

「裁判所から令状が出てる。これから、社内を調べさせてもらいます。九時十五分、開始」

亡き片桐の同僚たちが一斉に応えた。

「はい！」

「おい、暇か?」

決まり文句を口にして、角田が特命係の小部屋に入ってきた。デスクの上にあった『週刊フォトス』を目敏く見つけて取り上げる。

「おっ、これ、今日発売の『フォトス』だろ?」

「ええ」

右京がティーカップを口に運びながら答えた。角田はページをめくり、「次期閣僚候補　松下涼介の裏の顔」という記事を開いた。

「松下代議士の政治生命も、これで一巻の終わりだな」

「〈ヤクトー工業〉にも今日、『かとく』の摘発が入ったようですよ」

亘のことばを受け、右京が外国人技能実習生に思いを馳せる。

「彼らが、今度こそ正しい技術を習得できる企業で働けるといいですねえ」

「本当ですね」

角田が眼鏡を額の上にずり上げ、他の記事の見出しを読み上げた。

「『中川敬一郎氏、つかんだ不当労働の事実を公にせず、ジャーナリストとしての責任放棄』。風間楓子のこの記事にも驚いたね。まさか、あの真実を追う男がなあ」

「中川さん、ジャーナリズムの世界から足を洗うって話です」

「この記事が、ジャーナリスト中川敬一郎にとどめを刺したってことか」

亘と角田のやりとりを聞いて、右京がしみじみと言った。

「彼女にとって、その記事が中川敬一郎へのせめてもの介錯だったのかもしれませんねえ。まあ、彼女らしいじゃありませんか」

「ですね」

亘は深く同意して、コーヒーカップに口をつけた。

第四話
「さらば愛しき人よ」

一

その女性は喫茶店の奥のほうの窓際席に腰を下ろし、ノートに文字をつづっていた。窓から差し込んできた日の光が、コーヒーの表面で揺らめいている。

——目を背けたくなるほどの、眩しい光の中で感じたぬくもりなんて、すぐに跡形もなく消えてしまう、まるで香りのようなもの。

テーブルの上にはノートとコーヒーカップの他に一冊の詩集が載っていた。暗色の装丁の表紙に、『闇を往く』という白抜きのタイトルが浮かんで見えた。


五年後……。

マンションの一室で女性の死体が見つかった。捜査一課の伊丹憲一が駆けつけると、すでに後輩の芹沢慶二が臨場していた。

「被害者は、石川真悠子（いしかわまゆこ）さん、三十七歳。死亡推定時刻は、昨夜の九時から十一時。青酸カリによる中毒死のようです。カップの指紋などが拭き取られていて、他殺で間違いった。

芹沢の報告を受けた伊丹は、奥で捜査員と話をしている眼鏡をかけた中年男に目をやないかと」

「あの男が第一発見者か？」

「ええ。〈ロジェ出版〉の社長です」

「出版社の社長……」

芹沢が声を潜めて耳打ちする。

「実は、被害者の石川真悠子さん、なんとあのスノウだったんですよ」

「スノウ……？　なんだ？　それ」

「えっ……先輩、スノウ、知らないんすか？」芹沢は呆れてため息をついた。「本を読みなさい」

「読んでるよ、必要に応じて」

伊丹が憤然と答えると、芹沢は被害者の本棚から一冊の本を抜き取った。『闇を往く』というタイトルの詩集で、著者名はスノウとしか表示されていない。

「これですよ、これ！　人気の覆面詩人ですよ。その正体について、最近ネットでなにかと噂になってる……」

「詩人ねえ……」

伊丹が興味なさそうにパラパラとめくると、ページの間に挟んであった写真が床に落ちた。拾い上げた伊丹が顔をしかめた。

「なんで、こいつの？」

「まさか！」

芹沢は目を丸くした。


冠城亘は大のコーヒー通だった。そのときも警視庁特命係の小部屋で、こだわりの豆を使って、香りを楽しみながらネルドリップで淹れていた。

亘の上司である杉下右京のほうは紅茶を愛好していた。亘とは別に、これもまたこだわりの茶葉を使って淹れた紅茶を、ティーカップに注いでいた。

そこへ組織犯罪対策五課長の角田六郎がマイマグカップを持って、ふらっと入ってきた。

「おい、暇か、って訊くまでもないか。うわあ、相変わらずまどろっこしいまねしてるね」

角田が亘の手元を覗き込んで言うと、亘が淹れたてのコーヒーを勧めた。

「どうですか？　課長も俺のスペシャルブレンド」

「いや、スペシャルブレンドってお前……。俺には、これが十分スペシャルだ」

角田はそう言いながら、来客用に用意してあるコーヒーサーバーのほうへ向かった。

そこへ伊丹が、芹沢を伴って入ってきた。

「特命係の色男！　ちょっとツラ貸せ」

「なんですか？　いきなり。デートの誘いならお断りします。男に興味はないんで」

ふざけて答える亘に、伊丹が用件を述べる。

「石川真悠子って女性、知ってるな？」

「誰です？」

「あら……、もしかして忘れちゃった？」

芹沢が迫っても、亘は思い出さなかった。

「誰です？」

「とぼけるな！」伊丹が声を荒らげる。

「とぼけてなんかいませんよ」

「だったら、なんで被害者の部屋にこんなものがあったんだ？」

伊丹が透明の遺留品袋に入った写真を掲げた。

「被害者？　あっ、この写真……」

絶句する亘の背後に右京が近づいて、写真を覗き込んだ。

「おや……」

その写真には、喫茶店でコーヒーを前に微笑む亘の姿が鮮明に写っていた。

亘は伊丹と芹沢に連れられて、被害者である石川真悠子の部屋を訪れた。当然のように右京もついてきた。

本棚には『闇の果て』『闇を往く』『闇に蹴る』『闇を抱いて』と、スノウの詩集が何冊も並んでいた。芹沢がそのうちの『闇を往く』を抜き出した。

「こいつに挟んであったんだよ」

「えっ、どうしてスノウの詩集に？」

「それが、なんと彼女がスノウだったんだ」

「彼女って？」

事情が把握できないようすの亘に、芹沢が嚙んで含めるように言った。

「だから、殺された石川真悠子さん。もう、知ったときは驚いたよ」

右京もその詩人のことを知っていた。

「ええ、スノウといえば、そのプロフィールをいっさい公表していない覆面詩人として、人気を博していますからねえ」

「さすがは杉下警部。どこぞの誰かさんとは大違いだ」

どこぞの誰かさんが鼻を鳴らす。

「そんなもん知らなくても別に死にゃあしねえよ」

「あの、盛り上がってるところ、申し訳ないんですけどね、それ、なんかの間違いです。だって、スノウの正体は別の女性ですから」

亘が困惑した顔で言うと、右京は「はい？」と目を輝かせた。

「おい、どういうことだ？」

伊丹に睨まれた芹沢が、弁明する。

「いやいや、だって出版社の社長が、彼女がスノウだって断言したんですから」

しかし、亘も折れなかった。

「いや、そんなわけありません。だってスノウは……」亘はその女性を知っていたが、名前を出すのをためらった。「とにかく別の女性であることはたしかです」

「別の女性って？」

「誰だ？　もったいぶらずにさっさと言え」

芹沢と伊丹が追及する。右京にも「冠城くん！」と強く迫られ、ついに亘がその名を口にした。

「竹田ユキという女性です」

「ユキ？」

伊丹が芹沢と顔を見合わせた。

「証言とも一致するな……」

芹沢のひと言を右京が気にした。

「証言とは？」

「隣人の話によると、被害者は、ユキと呼ばれていた女性と一緒に暮らしていたようなんです」

右京はさっそくクローゼットを検め、衣類が半分ほど消えていることを突き止めた。キッチンやダイニングには、カップやグラスがペアで並べられていた。

「たしかに同居人がいたようですねえ」

「その女の連絡先、写真……とにかく情報を全部」

伊丹が亘に掌を差し出し、芹沢がせかす。

「はい、出して。早く！」

「出してと言われても、今はもう……。データ、消去しちゃったんで」

「はあ？　なんで消去しちゃうかな、もう！」

呆れる芹沢に、亘が言い返す。

「でも、まだ俺の知ってる人と決まったわけじゃないですよね？　そもそも彼女が俺の写真を持ってたなんて、考えられません」

「それはなぜでしょう？」

右京が訊くと、亘は「あんまり大きな声じゃ言えないんですけど」と前置きし、右京の耳に小声でなにやらささやいた。

「えっ？　なんて？」芹沢が焦れる。

「聞こえるように言ってもらえます？」

伊丹に要求され、亘が口を割った。

「だから、振られたんですよ！」

気まずくなった場をとりなすように、伊丹が咳払いをした。

「芹沢、その竹田ユキって女を追うぞ。石川真悠子さんを殺害して、逃げた可能性が高い！」

「了解」

部屋から出ていくふたりを見送り、右京が先ほどの亘の発言の正当性を認めた。

「なるほど。振った相手の写真を今も大事に持っている……。たしかに不可解と言えば不可解ですねえ」

「ですよね？　別れて、もう五年も経つんです」

右京は鑑識課に行き、益子桑栄に現場で見つかった亘の写真から指紋を検出するよう、依頼した。

「指紋？」

「ええ、お願いします」

被害者の部屋から押収した遺留品を眺めていた亘が、遺留品袋に入れられた小ぶりのコーヒーミルを取り上げた。

「益子さん、このコーヒーミルからも青酸カリが？」

「いや。念のため調べたが、検出されたのはカップからだけだった」

「そうですか……」

右京が相棒の言動を気にした。

「このコーヒーミルが、なにか？」

「このミル……」

そのミルは「豆から挽いたほうが、香りが全然違うから」と言い添えて、亘がユキにプレゼントしたものだった。

話を聞いた右京が納得する。

「なるほど」

「ちょっと昼ご飯、行ってきます。すみません」

唐突に告げて、亘が部屋を出ていった。

二

　亘が訪れたのは、以前、ユキとよく会っていたコーヒーの美味しい喫茶店だった。亘がドアを開けると、ペーパードリップで丁寧にコーヒーを淹れていた、店主の金子慎也（かねこしんや）が顔を上げた。

「いらっしゃいませ。えっ、冠城さん？」

　亘が軽く手をあげる。

「お久しぶりです、ネコさん」

「本当に久しぶりじゃないですか。全然来てくれなくなっちゃって」

「すみません、あのときはいろいろ……」

　窓際の奥の席を見つめる亘を見て、金子がカウンターから出てきた。

「もしかして、ユキちゃんに会いに？」

「彼女、今もこの店に？」

「ええ、たまに来てくれますよ」

「連絡先、知ってたら、教えてもらえません？　ちょっとデータなくしちゃって」

「ああ……はい。ちょっと待って」

　金子がスマホを取りにカウンターに戻り、ユキの電話番号をメモ用紙に書き写していると、店のドアが開いた。

「いらっしゃいませ」

入ってきたのは右京だった。

「つけてたんですか？」

少しむっとしたようすの亘に、右京がぬけぬけと答えた。

「君がどのようなランチを食べるのか、興味がありましてね」

金子が電話番号を書き写したメモを亘に渡す。亘は素早くポケットにしまったが、右京は見逃さなかった。

「無駄ですよ。君がかけますか？　それとも僕が？」

亘は渋々スマホを取り出し、メモの番号に電話をかけた。しかし、ユキは電話に出ず、「ただ今電話に出ることができません」というおなじみのメッセージが流れてきた。

「繋（つな）がりません」

亘は右京に報告すると、留守番電話にメッセージを残した。

「冠城です。お久しぶりです。ちょっと訊きたいことがあって連絡しました。折り返しこの番号に連絡ください。では」

右京は店内を見回し、詩集に挟まれていた亘の写真の撮影場所に気づいた。

「なるほど。ここで撮影したものでしたか」

突然現れて、亘と親しげに話している右京のことを、金子が気にした。

「冠城さん、こちらの方は？」

「ああ、こちら、今の俺の上司の……」

亘の紹介を受け、右京が名乗る。

「どうも、杉下です」

「じゃあ、法務省の？」

「いや……実は法務省、クビになりまして、今は……」

亘が警察手帳を出すと、金子が目を瞠った。

「警察？」

「ええ」

亘が右京に、金子を紹介する。

「こちら、金子さん。ネコさんの淹れてくれるコーヒーって、本当おいしくて、それでハマって通いはじめたら……」

右京が話の先を読んだ。

「竹田ユキさんと出会った」

「ええ」

亘はユキと出会った六年前のある日のことをいまでもよく覚えていた。ユキは隣のテーブルで、亘の斜め向かいの位置に座っていた。ふたり同時に席を立ち、先にレジへ向かったユキが亘の足につまずき、その拍子に持っていたノートを落としたのだった。拾い上げた亘は、ページ一面に不吉な文字が並んでいるのを瞬時に見て取った。

――絶望、孤独という暗闇、死に向かう……。

亘はユキにノートを渡しながら、言った。

「なにがあったか知らないけど、君の力になれると思う」

ところが、書き連ねられた文字は、すべて詩のフレーズだった。ユキからそれを聞いた亘は、自分の勘違いに苦笑した。亘はてっきり、ユキが自殺を考えていると思ったのだった。

喫茶店のテーブルについて、亘からユキとの出会いのエピソードを聞いた右京が言った。

「君のその強い正義感と根拠のない自信が、ふたりの距離を近づけたわけですね」

「『根拠のない自信』って……。まあ、事実ですけど。それがきっかけで、ここで会うようになって、話をするようになって……」

詩を書きはじめたきっかけについて尋ねたときの、ユキの答えた声がいまも亘の耳の奥に残っていた。

「わたしには必要だったんです。気づいたら、ことばを吐き出すようになっていて……。それがわたしを支えて……。だから、また書いて……。今は、それがわたしの生きる力になってる。詩を書くことで、わたしは生きていられる」

「……確かめたわけじゃないんです。でも、たぶん彼女は過去に自殺を考えたことがあるんじゃないかと……」

右京が亘の心を読む。

「それで放っておけなくなった」

「どこか脆くて、はかなげな感じがするのに、強さというか、芯があって、真っすぐで……。そんな彼女に惹かれていったのは認めます」

「ひとつ確認ですが、詩を書いていたからという理由だけで、彼女をスノウだと思ったわけではないですよね？」

「もちろん。彼女に尋ねたこともあります……」

いつだったか、ユキは最初の詩集『闇の果て』を恥ずかしそうに取り出し、亘に贈ってくれたのだった。ペンネームに目をやった亘は、すぐにその理由に思い至った。

「もしかして『ユキ』だから『スノウ』？」

　ユキは笑ってうなずいた。


「……その頃はまだまったく売れてなくて。だから彼女も打ち明けてくれたんじゃないかと」

「なるほど」

　そこへ、金子がコーヒーと紅茶を運んできた。

「失礼いたします。すみません、紅茶、これしかなくて」

　申し訳なさそうにティーカップを差し出す金子に、右京は「ああ、どうも、恐縮です」と会釈した。

「はい、どうぞ」

　コーヒーカップを受け取った亘が、上司を責める。

「普通こういう店に来て、紅茶頼みますか？」

「いや、構いませんよ」金子がとりなす。

　亘がカップの中の液体を賛美した。

「見てください、この美しい琥珀色。コスタリカの豆。ネコさんの農園で栽培されたものなんです」

「コスタリカに農園をお持ちですか」

感心する右京に、金子が答える。

「小さいですけど、エレディア地方に」

「おお……！」

「一度こだわったら、とことん追究する。そういうネコさんが丁寧に淹れてくれるコーヒーだから、格別にうまいんです」亘はひと口、口に含んで、「ああ……。相変わらず雑味ゼロ。クリアな味わいです」と評した。

「ありがとうございます。失礼します」

金子がカウンターに戻ると、右京が左手の人差し指を立てた。

「……となると、疑問がひとつ。なぜ出版社の社長は、殺された石川真悠子さんをスノウだと言ったのでしょうねえ」

右京と亘は疑問を解決するために〈ロジェ出版〉を訪れ、社長の三次隆志に話を聞いた。

「竹田ユキさん？」

三次はその名に聞き覚えがなさそうだった。

「ええ。本当は彼女がスノウだと思ってるんですが……」

亘が言っても、三次は首を横に振った。

「いや、竹田ユキさんなんて方は存じ上げませんね。詩を持ち込んできたのは石川真悠子さんですし、契約も彼女と交わしました。印税の振込先も石川真悠子さん名義の口座でしたから」

「だからって、それを書いたのは石川さん自身とは限らないですよね？」

食い下がる亘に、三次は当惑したような顔を向けた。

「いや、そう言われましても……。とにかく、スノウは石川真悠子さんで間違いありませんから」

右京が話題を変える。

「ところで三次社長。あなたはなぜ今朝、石川真悠子さんのマンションに行かれたのでしょう？」

「契約の話をしに……」

「約束していた？」右京が訊く。

「いえ……。いきなりメールが送られてきたんですよ」

「メールってどんな？」今度は亘が訊いた。

「スノウとしての活動はもうやめたいって」

「そのメールが送られてきたのはいつのことでしょう？」

右京の問いかけに、三次は一瞬考えてから答えた。

「一昨日の夜です。でも何度かけても出なくて……」

「それで、今朝部屋に？」

「ええ」三次がうなずく。「きっと他所から引き抜きにあったんだと思って。そうしたら、まさか殺されてるなんて……ねえ」

右京が左手の人差し指を立てる。

「では、もうひとつだけ。スノウはいっさいその素性を公表していませんが、その理由についてはなにかご存じでしょうか？」

「それは私には……。スノウの正体については絶対に口外しないっていうのが、契約の条件でしたから」

「なるほど。彼女はそうまでして、自分の正体を隠しておきたかった……」

右京が考えを巡らせた。


その夜、亘は自宅のマンションで赤ワインを飲みながら、五年前のある夜のことを回想していた。

夜中に目覚めた亘がふとリビングを覗くと、ユキが寝巻き姿のままテーブルで詩を書きなぐっていた。しかし、いいフレーズが思い浮かばないのか、ユキは書いたばかりの文字を万年筆で塗りつぶし、頭を叩いていた。

亘は苦い思い出も一緒に呑みこむように、ワインを飲み干し、詩集『闇を往く』を手に取った。

三

翌朝、亘が登庁すると、特命係の小部屋では右京が、スノウの詩集を読んでいた。デスクの上には、彼女の詩集がすべて並べられている。

「あれ？　右京さん、もしかして、それ全部？」

「ええ」右京が詩集から目を上げた。「彼女のことがなにかわかるかもしれないと思いましてね」

「なにかわかりました？」

「いえ。ただ、彼女の中にはなにか深い闇があるようには感じました。それがなんなのかまではさすがに……。ところで君、本当に振られたんですか？」

「なんですか？　唐突に」

右京が『闇を往く』を取り上げる。

「たしか君は、別れてから五年も経つと言っていましたが、君の写真が挟まっていたというこの詩集、君と別れた二年後に発売されています。不可解だと思いませんか？」

「不可解とは？」

「振った相手の写真を、その二年後に発売された詩集に挟んでいた、その理由です」

亘がため息をついた。

「俺のほうが知りたいです」

「そうですか。幸せはときに感性を鈍らせます。彼女にもそういう時期があったのではないかと。それで、君は自ら身を引いた。僕はそんなふうに思っていました。現に、君と交際していた時期、スノウの詩集は発売されていませんでしたから」

亘は右京の慧眼(けいがん)に内心驚きながらも、苦言を呈した。

「その細かいことを気にしすぎる性格、直したほうがいいと思いますけど」

そこへ伊丹と芹沢がやってきた。

「なんだ？　珍しく仲間割れか？」

嬉しそうな伊丹に、亘が訊いた。

「なにかわかりました？」

「ああ、とんでもないことがな」

伊丹はそう答え、亘を取調室へ連れていった。当然のごとく右京もついていく。

芹沢がパソコンを操作し、銀行の防犯カメラの映像をふたりに見せた。窓口で金を下ろす女性が映っていた。

「お前の知ってる竹田ユキっていうのは、この女か？」

伊丹の質問に、亘が正直に答える。

「ええ、彼女です」

「やっぱりそうか。この女、被害者の金、引き出してた」

「どういう意味です？」

亘が訊くと、芹沢が答えた。

「君の元カノが金を引き出した口座、石川真悠子さんの口座だった」

伊丹が補足する。

「それも一千万。しかも、石川真悠子さんを殺害する前日にな」

「一千万……」亘が絶句した。「だからって、彼女の犯行と決めつけるのは早計じゃありませんか？」

「だったら、なんで竹田ユキは姿をくらましてんだ？　この女が被害者の金を盗んで、それがバレそうになったから、殺して逃亡した。それ以外に理由があるなら、教えてもらいたいね」

伊丹が決めつけたが、亘は言い返せなかった。

「それは……」

「現状、竹田ユキさんについて、どのようなことがわかっているのでしょう?」

右京が尋ねると、芹沢が困った顔になった。

「いや、それがなんも浮かんでこないんですよ。該当する人物すら見つからなくて……」

「該当者がいない……」

「お前、まさか俺たちに嘘の名前を教えたんじゃねえだろうな?」

伊丹が亘に詰め寄ったとき、スマホが振動した。伊丹はすぐに電話に出た。

「はい。竹田ユキの? わかった。くれぐれも特命係のふたりには言うんじゃねえぞ」

「なにかわかったんですか?」

通話を終えた伊丹に亘が訊いたが、伊丹はすげなく対応した。

「教えない。芹沢、行くぞ」


情報源はサイバーセキュリティ対策本部の青木年男だと推測したふたりは、さっそく青木を訪ねた。推測は当たっていたが、青木は情報提供を拒んだ。

「絶対に言うなって釘、刺されたんですけど」

「竹田ユキのなにがわかったんだよ」

亘の高飛車な態度が、青木の癇(かん)に障る。

「それ、人にものを尋ねる態度ですか?」

「いいから、早く答えろ」亘は苛立っていた。

青木が折れて、せせら笑うように言った。

「世の中には知らないほうがいいこともあると思いますけどね。そこまで言うのであれば、教えて差し上げますよ。例の電話番号ですが、契約者は南侑希という人物でした」

「南侑希……」

亘はその名を知らず、当惑した。一方、右京はその事態を予見していた。

「やはり竹田ユキは偽名でしたか。素性を隠すということは、なにか知られたくない過去がある」

「さすが杉下さん。南侑希という女性……ちなみに竹田というのは母方の姓ですが、写真などから採取した指紋がデータベースと一致しましたよ」

「それってつまり……」

言いよどんだ亘のことばを、青木が継いだ。

「ええ。南侑希には前科があるということです。しかも、実の父親を殺した」

「彼女が父親を……?」

呆然とする亘に、青木が追い打ちをかける。

「それも石川真悠子殺害と手口は同じ、青酸カリ。今頃、伊丹さんたちは南侑希をホンボシとして緊急手配している頃かと。かつて愛した女性が被疑者だなんて。冠城さんって女性を見る目がなさすぎ」

「青木くん、当時の捜査資料をお願いできますか？」

右京が依頼した。

「とっくに冠城さんのパソコンにメールしておいてあげました。少々モテると思っていい気になってるから、痛い目に遭うんです。これを機に少しは悔い改めたらどうですか？」

いつも小馬鹿にされている亘に、憂さを晴らすかのように言い放った青木が後ろを振り向くと、特命係のふたりはすでに立ち去ったあとだった。

「……礼ぐらい言えよ、もう！」

青木が見えないふたりに悪態をついた。


亘は特命係の小部屋に戻ってパソコンで、犯罪者のデータベースにアクセスした。

「南侑希……」

何度口にしても、亘にはその名前がしっくりこなかった。右京がディスプレイを覗き込んだ。

「南侑希さんは事件当時、十五歳だったようですねえ。父親の南郷平（きょうへい）さんは市議会議員ですか」そう指摘し、資料を読み上げていく。「地元の名家に生まれた長男、郷平は、三十四歳で武蔵野市市議会議員に当選。しかし、家ではすぐに暴力を振るう父親だった。このままでは、自分も母親もいつか殺されてしまう。その危機感から、侑希は父親の食事に青酸カリを混入したと供述。だが、侑希の母、麻紗子は夫からのＤＶはなかったと主張。そして、南侑希さんは故意に殺害に及んだこともあり、懲役四年以上七年以下の不定期刑を言い渡された」

亘が疑問を呈する。

「どうして母親は、彼女の味方にならなかった……？」

「その真意のほどはわかりませんが、南侑希さんが素性を隠した上で、スノウとして活動していた理由はわかりました。彼女の詩を読むと、憤りや悲しみだけではなく、どこか自分で自分を痛めつけているような、そんな気がしたのは、そのせいだったのですねえ」

「右京さん、ここを見てください」

亘が画面を指差した。右京が再び読み上げる。

「同級生の石川真悠子が、南侑希が父親から暴力を受けていたことを証言し、情状酌量を訴えたが認められず。なるほど、ふたりは同級生でしたか」

亘がふたりの女性の心の中を読む。

「おそらく、彼女はつらい思いをして生きてきた。それを見かねた石川真悠子が救いの手を差し伸べ、一緒に暮らし、表向きスノウの代役を引き受けた。そんな相手を殺すとは、俺にはどうしても思えませんが」

そのとき、亘のスマホが振動した。ショートメールが届いたのだった。メッセージを読んだ亘の頬がこわばった。

「右京さん」

画面を見せられた右京が、メッセージを読み上げる。

「『私のことはもう探さないでください』。これは南侑希さんからですね?」

「ええ」

亘がすぐにその番号に電話をしたが、返ってきたのは不在案内のアナウンスだった。

右京が亘に質問する。

「ひとつ確認ですが、彼女は君が警察の人間だと知っているのですか?」

「知らないはずです。留守電には連絡をくれとしか残してないので……」

「では、なぜ君への連絡を拒むのでしょう?」

右京が疑問を口にすると、亘は椅子から立ち上がって向き合った。

「右京さんも、侑希の犯行だと思っているんですね」

「いえ、そうは言ってません」

「別に構いません。俺は俺のやり方で真相を突き止めるだけですから」

亘は硬い表情のまま部屋から飛び出していった。それを見ていた角田が、心配そうに入ってくる。

「なんか、すごい顔して出ていったけど、大丈夫か？」

「どうでしょうね……」

右京にも答えようがなかった。


翌朝、亘は登庁してこなかった。

取っ手にパンダのついたマイマグカップを持って、角田がいつものように特命係の小部屋にコーヒーの無心に来た。

「聞いたぞ。伊丹たちが追っかけてる被疑者って、冠城の昔の彼女なんだろ？　あいつ、意外と熱くなるところあるからさ」角田はコーヒーをひと口すすり、右京が調べ物をしているパソコンの画面を覗き込んだ。「おっ。これ、例のスノウの？」

「ええ」

右京はSNS上で、スノウがどんな話題になっているか、「#スノウ」のハッシュタグのついた投稿を閲覧していた。

「一番新しい投稿は日曜日。侑希さんが、銀行からお金を引き出す前日ですか」

右京がその「N」というユーザーの投稿を開いた。

――スノウが素性を秘密にしている理由って実は、前科があるからだって噂。

その投稿を読んだ右京は、すぐに青木に電話をかけた。

「青木くん、君に調べてもらいたいことがあります」


その頃、亘はとある公園で人を待っていた。しばらくすると、六十代と思しき女性がやってきた。

「侑希さんの叔母様でいらっしゃいます?」

亘が確認すると、山下芙美子という名のその女性は小さくうなずいた。

「はい。侑希はわたしの妹の子です」

亘は芙美子をベンチに座らせて、話を聞いた。

「当時、侑希ちゃんは未成年。たいした罪にはならない。妹は、そう言いくるめられたんです」

芙美子がそう語ったので、亘が訊いた。

「誰に言いくるめられたんです?」

「郷平さんのご家族にです。南家の人たちは、そういう人たちなんです。南家の人間が不名誉な死を遂げることだけは、絶対に許さないって。裁判でDVはなかったと証言すれば、その代わりその後の生活の面倒は見るからって」

「だからって……それが侑希さんをどれだけ傷つけたか……」

「妹もそれはわかっていたんです。侑希ちゃんはきっと裏切った自分を恨んでいるに違いないって。でも、そうじゃなかったんです。妹が余命を宣告されたあと、侑希ちゃんの居場所を探して、手紙を出したんです。そしたら、侑希ちゃんは妹に会いに来て……」


一年前、侑希は病院のベッドに横たわる母親の麻紗子にこう言ったという。

「お母さんは、あんなお父さんでも本当は愛していたのかなって……。そうだとしたら、わたしはお母さんから愛する人を奪ったってことでしょ？　そう思ったら……。でも謝らなきゃって」

麻紗子は泣きながら、こう返した。

「そんなこと……謝らなきゃいけないのはお母さんのほう。ごめんね、侑希。お母さんを許して……」

芙美子が続けた。

「……侑希ちゃんが妹に会いに来なかったのは、母親に恨まれてるかもしれないと思い込んでいたからだったんです」

「その後、侑希さんとは？」

「先月、妹の一周忌で」

「なにか変わったようすは？」

「もしかして、前科がバレて、また迷惑をかけるかもしれないって……。でも、この前電話があって、もう大丈夫だから心配しないでって」

「その電話があったのはいつですか？」

亘の質問に、芙美子は「たしか、今週の月曜です」と答えた。

芙美子と別れ、亘は車を運転しながら、ひとりで思考を巡らせていた。

──月曜……一千万円を引き出した日……そのあと、いったいどこへ？　まさか……。


右京は鑑識課に出向き、益子に石川真悠子の殺害現場の写真の閲覧を申し出た。

「保全写真？」

訝（いぶか）しげな益子に、右京が理由を説明する。

「ええ。僕が現場に行ったときには、すでに鑑識作業は終わっていましたからねえ」

「今さら、なに調べるんだ？」

「それは、これから見つけます」

益子は呆れたが、この警部が変わり者であることはよく知っていた。奥から写真の束を持ってきて、右京に渡す。

「はい。勝手にしなさい」

「どうも」

右京は一枚一枚つぶさに点検し、現場のテーブルになにか粉のようなものが散らばっているのに気づいた。

そのとき、右京のスマホが振動した。相手は青木だった。

――ご依頼のＩＰアドレスですが……。

「やはりそうでしたか。どうもありがとう」

「Ｎ」の正体を知った右京の眼鏡の奥の瞳が輝いた。

四

翌日、亘が竹田ユキこと南侑希と出会った喫茶店を訪れたときには、すでに営業時間が終わっていた。それでも亘はドアを開けて入っていった。

「すみません、もう閉店なんで」マスターの金子はそう答えたあと顔を上げ、びっくりしたようだった。「冠城さん……。どうしたんですか？」

亘は前回ここを訪れたときとは別人のような険しい顔をしていた。

「ネコさん、ユキの居場所、知ってますよね？」

「どうして僕が？」

亘が感情を押し殺して金子を追いつめる。

「おそらく彼女は、もうこの世にはいない。本当のことを話してください。あなたも、ユキが詩を書いていることを知っていた。当然、彼女がスノウであることも」

その会話を亘とユキが交わしたのはこの店だったので、金子も知っているはずだった。

「そして、彼女の本当の名前が南侑希だということも、あなたは知ってたんですね。侑希の過去も全部」

「なんの話をしているのか……」

金子がそらとぼけたとき、右京が店に現れた。

「では、単刀直入に申し上げましょう。石川真悠子さんを殺害したのも、金子さん、あなたですね」

表情を崩さない金子の前に、右京が一枚の写真を掲げた。

「ここに写っている薄茶色の粉、これはシルバースキンです。シルバースキン、コーヒー豆を挽いたときに出るカス。雑味の原因です。普通はそのままドリップしてしまうようですが、あなたはついプロとしてのいつもの習慣で、少しでもそれを取り除こうとして、ミルで挽いた粉に息を吹きかけ、飛ばしたのでしょう。そうして淹れたコーヒーに青酸カリを垂らして、石川さんに飲ませた」

　右京の告発が続く。

「スノウの秘密について投稿していたのも、金子さん、あなたですね。あなたは南侑希さんの過去を暴露しようとしていた」

「どうしてそんなまねを！　彼女は周りに迷惑をかけたくなかった。だから、過去を隠していたというのに」

　亘に責められ、金子がついに口を割った。

「それが、彼女を苦しめていたからだよ！　人気になればなるほど、その正体についてファンが騒ぎ立て、いつかバレるんじゃないかと、彼女はいつも脅えていた。楽にしてあげたかったんだ。彼女を苦しめているものから」

「だから、彼女の過去を暴露しようとしていたとでも言うのか？」

「自由にしてあげたかったんだよ。彼女を縛りつけ、苦しめている過去から、解き放ってあげたかったんだ」

　独りよがりに言い放つ金子に、亘が苦々しい顔をする。

「解き放つ……？　あなただって聞いてたはずです。彼女がどんな思いで詩を書き続けていたか……」

　亘の脳裏に、この喫茶店の窓際の奥の席でユキが語ったことばが蘇（よみがえ）る。

——わたしには必要だったんです。気づいたら、ことばを吐き出すようになっていて……。それがわたしを支えて……。だから、また書いて……。今は、それがわたしの生きる力になってる。詩を書くことで、わたしは生きていられる。

「……彼女にとって、詩がすべてだった。生きる意味だった。それをあなたが奪った」

「奪った……？」

思いがけないことばを亘に突きつけられぽかんとした金子に、右京が推理をぶつけた。

「過去が明かされる。その恐怖を感じた南侑希さんは、スノウとしての活動をやめる決意を固めました。その決断のあと、彼女は銀行で下ろした一千万を持って、ここに来たのではありませんか？　自分の過去を暴露するのはやめてほしいと」

右京に指摘され、金子は侑希が来たときのことをぼんやり思い出した……。

「ネコさん、あなたですよね？　わたしの過去について投稿しているNという人は」

侑希は店に入ってくるなり、そう言って金子を責めた。

「なんの話？」

金子はとぼけたが、侑希は確信していた。

「わたしの過去を知っていて、スノウがわたしであることも知っているのは、ネコさん、あなたひとりしかいないんです。お願いします。これ以上、わたしの過去について書き込むのはやめてください。もう誰かに迷惑をかけるのは嫌なんです。お願いします」

　そう言って、大金の入った紙袋を差し出したのだった。

「これでわたしのことはもう放っておいてください」

「もしかして口止め料ってこと？」

「お願いします」

　どうして侑希が頭を下げるのか、金子にはわからなかった。

「どうして？　君は苦しんでいたじゃないか。過去に脅えていた。ずっと、自由になりたがってた。詩なんてやめてしまえば、それが手に入るのに！」

「詩なんて……？」

　侑希は顔をしかめた。金子は侑希を説得しようとした。

「そうだよ！　あんなもの、やめてしまえばいいんだよ！　そうすれば、苦しみから逃れられるんだ！　自由になれるんだ！」

　ところが侑希は頑なだった。

「ネコさんは、わかってくれていると思ったのに……。詩はわたしのすべてだった。生きる支えだった。そのために大切な人だって……。それでも……わたしは書くことを選んだの。それを、どうしてあなたに奪われなきゃいけないの？」

　金子はなぜ侑希に非難されるのか理解できなかった。

「俺がなにを奪ったっていうんだ？　なあ。俺があなたのなにを奪ったっていうんだ？　どうしてわかってくれないんだよ……。全部、君のことを思ってやってあげたのに！」

「それは、わたしのためじゃないよ」

侑希がそう言って、背を向けたのはかすかに覚えていた。いつしか金子は理性を失っていた。気がついたら、侑希の首を渾身(こんしん)の力を込めて絞めていた……。

「すべて彼女のためだった！　ずっと彼女のそばにいたのは……誰だ？」

あまりに身勝手な金子の言い分に、亘は思わず殴りかかりそうになった。それを右京が止めた。

「すべて、彼女のためを思ってやったことだと言いましたね。では、その南侑希さんを殺したのは、誰のためにやったことですか？　答えてごらんなさい！」

右京から鋭い声で一喝され、金子はなにも言い返せなかった。

金子は捜査一課の取調室で、伊丹と芹沢から取り調べを受けた。

南侑希だけでなく、石川真悠子まで殺した経緯について、金子はこう説明した。

帰宅しない侑希を心配して、真悠子から金子へ電話があったのだという。金子はふたりの暮らすマンションへ行き、真悠子を落ち着かせるためと言ってコーヒーを淹れ、青酸カリを混ぜた。

「すべての罪を南侑希さんになすりつけようと考えたのか？」

伊丹が問い詰めると、金子は最後まで独善的な主張を繰り返した。

「彼女が悪いんです。人の善意を踏みにじるから。殺すつもりなんてなかったのに……」


後日――。

金子の供述に基づいて山中で捜索がおこなわれた。侑希の遺体は大型のトランクに窮屈そうな姿勢で押し込まれ、土の中に埋められていた。

トランクの中の侑希は美しい顔のまま、まるで眠っているようだった。捜査員たちは悼むようにトランクの周りを囲んだ。亘は遠くに侑希の姿を見ながら、ひとりひざまずく。心の中で静かに別れを告げた。

第五話

「右京の目」

一

警視庁特命係の杉下右京は江波和江とは旧知の仲だった。

その和江から相談があると言われ、右京は相棒の冠城亘とともに、〈テイトーハウジング品田支店〉が管理する古いマンション〈藤山町ハイツ〉を訪れた。二〇六号室の前に行くと、デッキブラシを持った和江が玄関ドアに耳をつけ、室内をうかがっているようだった。

「和江さん」

「ああ、右京さん！　ごめんなさいね、お忙しいのに」

「お気になさらずに」

「あの、こちらは……？」

和江が右京と出会ったときは亀山薫が去った直後だったため、特命係は右京ひとりだけだった。したがって亘と会うのははじめてだった。

「はじめまして。特命係の冠城です」

「冠城くん。和江さんには以前、とある誘拐事件で大変お世話になったことがあるんです」

「誘拐事件？　いつの話です？」

　亘の質問に答えたのは和江だった。

「あの頃、わたし、家政婦しておりましたので相当前です。今はもう、お掃除のおばちゃんですけど。それから、右京さんにはなにかと相談に乗っていただいてて……」

「そうなんですね」

「……で、今日はどうされました？」

　右京に促され、和江が本題に入った。

「この二〇六号室、空き部屋のはずなんですけどね、中から物音がするんです。誰かいるんじゃないかと思って……。前、ホームレスの人が中で亡くなってたことがあったもんですから、わたし、怖くて……」

「そうですか。合鍵はお持ちですか？」

「あっ、はい。えっと……これです」

　和江から渡された合鍵で玄関ドアを開けた右京と亘は、警戒しながら室内に入っていった。中は家具もカーテンもなくがらんとしていたが、なぜか部屋の片隅に高級メロンの木箱がひとつだけ置いてあった。

「メロン？」

　亘が戸惑いの声をあげる。

右京が「……のようですねえ」と応じたとき、ふたりのあとから和江が恐る恐る入ってきた。

「誰もいないの？　よかったあ」

「いないようですねえ」

和江がメロンの箱を見つけて、駆け寄る。

「あらっ、メロン！　これ、高いのよ」

箱を開けようとする和江を、右京が止めた。

「和江さん、ちょっとよろしいですか？」

次の瞬間、箱の中に入っていたボンベのノズルから白い霧状のものが大量に噴き出し、右京の顔面を直撃した。

「うわああーっ！」

眼鏡のレンズが噴出物で曇り、右京はフローリングの床に転倒した。亘が駆け寄る。

「右京さん、大丈夫ですか？」

「右京さん！」

和江が差し出したハンカチを受け取り、右京は眼鏡を外して、目に当てた。

「催涙スプレーのようですねえ」

「ごめんなさい！　わたしが勝手に開けたもんだから！」

おろおろする和江をなだめるように、右京が言った。

「いえいえ。メロンなら、誰でも開けたくなります」

亘が換気をしようとベランダのサッシ窓のところへ行った。どういうわけか、クレセント錠はかかっていなかった。窓を開けながら、亘がつぶやく。

「誰がこんなものを……」

「冠城くん……」

右京が目をしばたたきながら、相棒を呼んだ。

「はい」

「見えません」

「見えない？」

「困りました。目が見えなくなってしまいました」

亘がすぐに救急車を手配する。和江が水で濡らしたタオルを右京に渡した。

「右京さん、ごめんなさいね」

「あっ、いえいえ、たいしたことありません」右京は立ち上がろうとしたが、足元が覚束なく、ちょっとした段差につまずいてバランスをくずした。

「大丈夫ですか？」

和江が右京の体を支えたとき、開いたままの玄関ドアから、眼鏡をかけた若い女性が顔を覗かせた。息を切らしているようだった。

「和江さん！　どうしたんですか？」

「ああ、友里ちゃん。この人、目、怪我しちゃったの」

「えっ？　大丈夫ですか？」

友里と呼ばれた女性が部屋に入ってきた。

「あっ、あなたは……？」

右京の質問に、和江が答える。

「この人、品田区役所でケースワーカーをしている白川友里ちゃんです。友里ちゃん、この方、刑事さん」

「刑事さん？」

びっくりしたようすの友里に、右京は目を閉じたまま「どうも」と応じた。

「右京さん、救急車、十分ぐらいで来るそうです」

通報を終えた亘が報告すると、和江が言った。

「近くに総合病院があるわ。救急車を待つより直接行ったほうが早い！　一緒に行こう！」

右京の手を引こうとする和江を、右京が制した。

「いえ。白川さん、すみませんが、付き添っていただいてもよろしいですか？」

右京はなにを思ったか、初対面の友里に付き添いを願い出た。友里が困惑する。

「えっ？」

「いいわよ、わたしが行くから」

和江が主張したが、右京は譲らなかった。

「和江さん、以前、ここでホームレスの方が亡くなっていたとおっしゃいましたねえ。詳しい話を冠城くんに」

「和江さん、お願いします」

亘に頭を下げられ、和江が不承不承折れる。

「そうですか……。じゃあ、頼みましたよ」

和江から右京を託され、友里は状況がつかめないながらも引き受けた。

「はい」

右京の介添えをして、亘と友里と和江が二〇六号室から出たとき、マンションの周りには騒ぎに気づいた住民たちが集まっていた。

「ちょっとごめん」

先導して人を掻き分けていた和江の目が、マンションの裏へ駆けていく人物の姿をチラッととらえた。気になった和江はあとを追って裏に回ったが、そこには誰もいなかった。

「あれ？　気のせいかしら……」

右京が友里に付き添われて行った〈品田総合病院〉で処置を受けている間、亘は和江と一緒に一〇六号室の住人、中村（なかむら）を訪問した。

チャイムの音に応じて玄関ドアを開けたのは、高齢の男性だった。

「はい」

亘が警察手帳を掲げる。

「警察です。ちょっといいですか？」

「はい……」

「この上の二〇六号室に、何者かが侵入した形跡がありまして。なにか気づいた点はありますかね？」

「いや、特には……」

怪訝（けげん）そうに答える中村に、亘が訊（き）いた。

「おひとりでお住まいですか？」

「はい」

「失礼ですけど、お仕事は？」

中村が自由が利かないようすの左手をさすりながら答える。

「ああ、五年前に脳梗塞やってから働けなくなって……」

「中村さんの担当は、さっきの友里ちゃんなの」

和江が口を挟むと、中村が笑顔になった。

「友里さんには本当にお世話になってます。今日も薬、持ってきてくれて」

「あっ、そうですか」亘が納得したようにうなずいた。


亘が聞き込みを終えて病院に行ったとき、右京は両目にガーゼを貼って、待合室のソファに座っていた。横には白川友里の姿があった。

「右京さん、どうでした？」

心配して尋ねる亘に、右京が答える。

「角膜障害を起こしているようで、一週間程度は視力低下や目の痛みが続くそうです」

「えっ、一週間も目が見えないんですか？」

「ええ。ただ、友里さんがすぐに連れてきてくれたので、大事に至らず助かりました。ありがとうございます」

礼を言われた友里が、恐縮したように首を横に振る。

「いえ……。どうかお大事になさってください」

「ありがとうございます」

亘も頭を下げると、友里が立ち上がった。

「じゃあ、わたしはこれで」

友里が去ったところで、亘が右京の前に腕を差し出した。

「どうぞ。行きましょう」

右京がその腕をつかみ、立ち上がる。数歩歩いたところで、母親らしき女性と一緒にソファに腰を下ろしていた少女が声をかけてきた。

「おじさんも目が見えないの？」

「はい？」

母親が少女をたしなめる。

「莉奈！」

亘が右京に説明した。

「隣に白い杖を持った女の子が……」

右京は納得して、「ええ。ちょっと目を怪我しましてね」と莉奈の声がした方向に答えた。

「わたしも目が見えないの。でもね、もうすぐ手術で目が見えるようになるかもしれないって」

「そうですか。それはよかった」

「手術、頑張ってね」

亘が励ますと、莉奈は元気に「うん！」と返事した。そのとき、看護師が少女の名前を呼んだ。

「片倉莉奈さん」

「はーい」

莉奈が母親に支えられて診察室へ入るのを見送って、亘が上司を促した。

「行きましょう」

「ええ」

駐車場に停めた車の助手席に右京を座らせ、亘は運転席に座った。ドアを閉めたところで、右京が訊いた。

「で、なにかわかりましたか？」

「現場の部屋の窓の鍵が開いてました。ベランダから侵入も逃走もできます」

「なるほど」

「不法侵入のホームレスを狙ったいたずらですかね？」

右京が推理を働かせる。

「しかし、それにしては手が込んでますねえ。おそらく特定の人物を狙ったのではないでしょうか。部屋に呼び寄せて、箱を開けさせ、視力を奪って襲う。そんな計画だったのではないでしょうかねえ」

「その可能性、ありますね」

「他の部屋でなにか気になったことは？」

亘が報告する。

「空き部屋は異常なし。他の部屋で気になったのは四〇八号室の野川猛という人……」

亘が訪ねたとき、野川は無精ひげを蓄えて、気だるげに出てきた。警察であると名乗り、なにか不審な点がなかったかと問う亘に、野川はずっと部屋にいたのでわからないと答えた。亘がドアの隙間から部屋を覗くと、真っ暗な室内に数台のパソコンのモニターの明かりが見えた。亘の視線に気づいた野川は、やや慌てたように、オンライントレードで株をやっていると説明し、ドアを閉めたのだった。

「オンライントレードですか」

亘の話を聞いて、右京がつぶやく。

「ただ、部屋の中は真っ暗でした」

「気になりますねえ」

亘がエンジンをかける。

「ご自宅まで送ります。一週間は治療に専念してください」

「冠城くん、ありがとう」

「右京さんが礼を言うなんて、珍しいですね」

亘が笑うと、右京が少しむくれた。

「僕だって言うときは言いますよ」

二

翌日、右京はサングラスをかけて、組織犯罪対策部のフロアに入ってきた。壁を伝って奥にある特命係の小部屋へ行こうとする右京のもとに、組織犯罪対策五課長の角田六郎が駆け寄ってきた。

「おいおい、大丈夫か？　警部殿」

「あっ、課長、おはようございます」

「おお……おはよう。ちょっと……」

介添えしようとする角田を、右京が制した。

「大丈夫です。ご心配なく」

「ああ、いや、だけどさ……」

「今、感覚をつかんでるところですので」

特命係の小部屋には亘が先に来ていた。手探りしながら入ってきて、入り口の木製の名札を裏返す右京に亘が苦言を呈する。

「治療に専念してくださいって、言ったじゃないですか」

「そうは参りませんよ」

そこへサイバーセキュリティ対策本部の青木年男が書類とタブレット端末を持って入ってきた。

「やっぱり。僕、絶対、杉下さん、来ると思ってましたよ」

「なにしに来た？」

邪険に扱う亘に、青木が言い返す。

「なんですか、その言い方。お見舞いがてら、益子さんが分析した催涙スプレーの成分表、持ってきてあげたのに」

「どうもありがとう」礼を言う右京の前に、青木が書類を掲げた。「読み上げてもらえますか」

青木が書類に目を落とし、大げさに声をあげる。

「うわっ、これ、やばいわ」

「どうやばいんですか？」

「クロロアセトフェノン。各国の警察が暴動鎮圧に使う催涙剤に使われる物質ですけど、通常よりはるかに高い濃度みたいですよ」

「暴動鎮圧……」

亘がつぶやくと、青木が続けた。

「箱も手が込んでいて、開けた人にだけ、スプレーがかかる仕組みになってたようで」

「やっぱり特定の人物を狙ったってことですね」

亘の指摘に、右京が「ええ」と同意した。

「じゃあ、僕、戻ります。こっちも忙しいんで」

出ていこうとする青木を、亘が引き留めた。

「忙しいって……なにか事件かな？」

「昨夜、動画サイトにアップされた動画なんですが……」

青木がタブレット端末でその動画を見せる。カズとタックンという二十代の男ふたりが、夜中にヘッドランプを頭につけて、マンションの建設予定地に忍び込むという内容の動画だった。ふたりは宝探しゲームの最中だった。地図とヒントをもとに、誰かが隠した宝を探すという趣向らしい。

ふたりは建設予定地に入り、倉庫のような建物のシャッターを開けて中に忍び込んで、建設資材の傍らにシートを被せられた物体を見つけた。これが宝に違いないとシートをめくると、スーツ姿の大柄な男の遺体が横たわっていた。

再生をストップした青木が顔をしかめた。

「いま、伊丹さんたちが現場検証に行ってます」

「どんな場所でしょう？　なにがありますか？　いま画面で見えること、全部教えてください」

目の見えない右京の要請を受け、青木がタブレットに目を落とす。

「若者はふたりとも二十代。パーカー着用。左手に……松の木」

「杉」亘が訂正する。

「あっ、杉の木か！　で、右手に捨てられた自転車」

「一輪車！」再び亘が訂正する。

「いちいちうるさいなあ！　あと、看板に『マンション建設予定地〈テイトーハウジング品田支店〉』とあります」

現場検証中の捜査一課の伊丹憲一や芹沢慶二のもとへ、右京が亘に介添えされてやってきた。

「階段があります。はい。もう一段」亘が右京を誘導する。「左四十五度。到着しました」

伊丹が右京に声をかけた。

「警部殿、聞きましたよ。とんだ災難でしたね」

芹沢も同調した。

「話聞いて、びっくりしましたよ……」

「ご心配、ありがとうございます。で、死因はわかりましたか？」

右京の質問に答えたのは、臨場していた鑑識課の益子桑栄だった。

「ああ、索条痕が残ってる。首絞められて、殺害されたようだ」

亘が遺体をざっと見て補足する。

「抵抗した形跡がないです」

右京はしゃがむと、遺体を嗅ぎはじめた。

「益子さん、このにおい、アクリロニトリルではありませんか？」

益子が鼻を近づけて、嗅いだ。

「うん……たしかに甘いにおいがする」

「なんすか？　その……アクリルなんとかっていうのは」

芹沢が訊くと、右京は推理を語った。

「アクリロニトリルは工業用の化学物質で、吸入すると意識障害などを引き起こすことがあります。おそらく、被害者はそれを嗅がされて、意識を失った状態で絞殺されたのではないでしょうか」

益子が右京の推理を裏付ける。

「抵抗した痕がないことからな、それは十分考えられる」

「はいはい、警部殿が仕事熱心なのは重々承知しておりますが、今日ぐらい我々に任せて、休んでください」

伊丹は邪魔者を追い払おうとしたが、右京は引き下がらなかった。

「ちなみに身元はわかったのでしょうか？」

芹沢が渋い顔になる。

「それが、スマホも免許証も、身元に繋がるものはいっさいなくて」

「だから、それを我々が今から調べますんで」

あくまで右京たちを追い払おうとする伊丹に、右京が要請した。

「では、不動産会社の〈テイトーハウジング品田支店〉を調べてもらえますか」

「どうしてですか？」芹沢が疑問をぶつけた。

「このマンションの建設予定地も、昨日、僕が目を怪我した建物も、所有者は〈テイトーハウジング〉でした」

右京の説明を聞き、伊丹が決めつけた。

「そんなの、たまたまでしょう」

「あくまで、念のため」右京はこだわった。

伊丹と芹沢は念のため、〈テイトーハウジング品田支店〉を訪れた。亘も同行した。

支店長の竹村誠（たけむらまこと）に被害者の写真を見せると、「うちの営業の森田（もりた）です」と、目を瞠（みは）った。

「昨日から、ずっと連絡が取れなくて心配してたんです。まさか……殺されてるなんて」

「森田さんはどういう方だったんですか？」

亘が訊くと、竹村が暗い顔で答えた。

「営業成績は優秀で、うちの支店では常にトップでした」

「なにか仕事上のトラブルを抱えていたということは？」

続いて伊丹が訊くと、竹村は首を振った。

「いえ、聞いたことありません」

「特に仲のよかった友人とか、ご存じありません？」

「元ラグビー選手でしたし、顔は広かったと思いますが……」

芹沢の質問にも、竹村は明確な回答を示せなかった。

亘はオフィスを見回した。ひとりの女性社員が亘に気づいて顔を伏せた。

特命係の小部屋に戻った右京は、紅茶の入ったポットを右手で高く掲げ、左手に持ったソーサーの上のカップに勢いよく注いでいた。飛び散った紅茶がパソコンで調べ物をしていた青木のうなじにかかる。

「熱っ！　ちょっと、杉下さん！」

「あっ、これは失礼……。いやあ、青木くん、やはり距離感が難しいですねえ」

「やらなきゃいいじゃないですか……はい、出ましたよ。強力な催涙スプレーを扱ってる海外のサイト」

「読み上げてもらえますか？　原文で構いません」

「あのねえ、僕も忙しいんです。調べ物したいなら、これ、使ってください」そう言って右京のスマホの音声認識アプリを立ち上げた。「『ヘイ、バディ』って話しかけたら、勝手に調べてくれますから」

右京が試してみる。

「ヘイ、バディ？」

――お呼びでしょうか？

「おや」

「使いこなすと便利ですから。じゃあ」

青木が立ち去ると、右京はスマホに話しかけた。

「では、濃度の高いクロロアセトフェノンが含まれる催涙スプレーを製造している海外メーカーを教えていただけますか？」

——もう一度、お願いします。

「では、もう少しわかりやすいことばで言いましょう。CNガスを含む催涙剤のメーカーを教えていただけますか？」

——ガスの語源はカオスからきており……。

「それは知っています。それに、聞きたかったのはガスのことではありませんよ」

——もう一度、お願いします。

右京が苦戦しているところへ、亘が帰ってきた。

「右京さん、音声認識ですか？」

「どうやら、僕とは相性が悪いようです。で、なにかわかりましたか？」

「ええ。被害者は〈テイトーハウジング品田支店〉の営業マン、森田佑真(ゆうま)さんでした」

右京が情報を整理する。

「つまり、〈テイトーハウジング〉所有の建物に催涙スプレーが置かれ、〈テイトーハウジング〉のマンション建設予定地で遺体が見つかり、その遺体が〈テイトーハウジング〉の営業マンだったということですね」

「やっぱり右京さんの怪我とこの事件、繋がってますね」

「その会社、もう少し調べてみたほうがよさそうですね」

亘が新たな情報を提供する。

「それと、気になってた〈藤山町ハイツ〉四〇八号室の野川さん」

「例のオンライントレードの方ですね」

「はい。引っ越してきたのは三年前で、ほとんど部屋から出ず、近隣住民との付き合いもないようです」

「なるほど」

右京がうなずいたとき、バディが着信を知らせた。

——江波和江さんから、お電話です。

「繋いでください」


和江は右京と亘を喫茶店に呼び出した。和江の隣にはスーツ姿の中年男性が座っていた。和江が勤める不動産管理会社〈花畑管理サービス〉の課長、真山誠一だった。

真山が右京と亘に頭を下げる。

「このたびは誠に申し訳ありませんでした！」

「いえいえ、警察官として当然のことをしたまでですから、お気になさらずに」

右京が応える隣で、亘が苦笑した。

「和江さん、なにも課長さん、呼びつけなくても……」

「だって……全部、わたしの責任だもの。わたしの責任ってことは、上司の責任でもあるわけだから、真山さんが謝るのは当然ですよ」

「はい、その通りです。あっ、どうかこちらをお納めください」

菓子折を差し出す真山を、亘が手で制す。

「公務員はこういうの、もらえないんです。皆さんでどうぞ」

和江が頰を緩ませて、菓子折に手を伸ばす。

「あら、そうですか。じゃあ、遠慮なしに」

「ところで、〈花畑管理サービス〉では、どれぐらいの物件を管理されているんですか？」

右京の質問に真山が答えようとすると、和江が先に言った。

「真山さん、優秀だから、この区域で五十件ぐらい管理してるんですよ。ねえ？」

「あっ、まあ」

照れ笑いをする真山に、亘が訊いた。

「やっぱりマンションが多いんですか？」

「一応、建物の管理ならなんでも」

「そうですか」

納得する右京に、和江が身を乗り出す。

「そうそう、忘れてました。右京さんが怪我したあと、マンションの裏へ誰か走って逃げていきました」

「どんな人物か、ご覧になりましたか？」

「う〜ん」和江はしばし考え、「ちゃんと姿は見えなかったんですが、足音は聞きました。なんか変なリズムの足音でした」

「変なリズムですか？」亘が興味を抱く。

「はい。走るときは普通、トントントントントンって走りますでしょう？　それがですね、トン、ツー、トン、ツー、こんな感じでした」

和江がテーブルを手で叩きながら説明した。

「よく聞き取れましたね」

亘が褒めると、和江は心持ち胸を張った。

「はい。わたし、耳だけはしっかりしてるんです。もしお疑いでしたら、友里ちゃんに聞いてみてください」

三

品田区役所の福祉課を訪ねた右京と亘は、白川友里に足音のことを尋ねた。

「足音……ですか？」

「ええ。こんな感じらしいです」

訊き返す友里に、亘が和江をまねて「トン、ツー、トン、ツー」とテーブルを叩いた。

友里が首を横に振る。

「ちょっと……聞いた覚えないですね」

「あのときは混乱していましたからねえ」

そう言う右京に、友里が顔を向けた。

「それで、杉下さん、目の具合はどうですか？」

「視力はまだ」

「そうですか……」

「しかし、たった数日ですが、我々が普段、どれだけ膨大な情報を目から得ているのか、痛感しました。街を歩いていても、駅を利用しても、視覚障害を持つ方たちがどれだけ苦労されているか、わずかながら身をもって体感しました」

「そうなんです。生活保護を申請される方の中には障害を持っている方もいらっしゃって、皆さん、苦労されています。だから、もっと生活保護という制度を利用してほしいんですけどね」

友里が自分の仕事に引き寄せて意見を述べたとき、窓口に高齢の男性がやってきた。

「白川さん。申請のお願いに来ました」

「山本(やまもと)さん！　やっといらしてくれたんですね。どうぞ」友里は山本という老人を案内しながら、特命係のふたりに言った。

「じゃあ……」

「では、我々はこれで」

右京と亘が立ち上がると、友里が頭を下げた。

「すみません。お力になれず」


翌日、眼科で診察を終えた右京は、看護師に支えられて待合室のソファに座った。

「じゃあ、杉下さん、しばらくお待ちください」

「ありがとうございます」

右京が看護師に礼を言うと、隣に座っていた莉奈が口を開いた。

「この間のおじさんでしょ」

「その声は、莉奈ちゃんですね？」

「すごい！　声、覚えてたんだ」

「今日は、お母さんは？」

「今日はひとり」

「よくお家(うち)からひとりで来られましたねえ」

感心する右京に、莉奈が杖で床を叩いた。

「これが目の代わりだから」

「白い杖、白杖ですね」

「杖で床を叩くと、音の響き方でお部屋の広さもわかるし、人がいる気配もなんとなくだけどわかるんだ」

「ちょっと触ってみてもいいですか？」

「うん、いいよ。はい」

莉奈に渡された白杖で、右京も床を叩いた。

「なるほど！　うん……」

感触を確かめる右京に、莉奈が言った。

「おじさん、手、出して」

「手ですか？」

「うん」

右京が左手を差し出すと、莉奈が掌になにかを載せた。

「どうぞ。おじさんの目が早くよくなるようにプレゼント」

右京は右手で、掌の上の物を探った。ビーズで作った動物の人形のようだった。

「莉奈ちゃんが作ったんですか？」

「うん！」

「これはクマですね」

「違う。パンダだよ」

「パンダですか」

意表をつかれた右京が笑う。

「パンダって、こういう形してるんでしょ？　見たことないけど」

「そうですねえ。ありがとう」

右京はピンクのビーズで作られたパンダをポケットに入れた。

四

ステッキを突きながら特命係の小部屋に戻った右京は、部屋のにおいに敏感に反応した。

「これは珍しい。内村部長と中園参事官ですね？」

椅子に座って右京を待っていた内村完爾が立ち上がる。

「なんでわかった？」

「整髪料のにおいで」

「そんなににおうか？」

中園照生が右京を叱責する。

「なんてことを！　部長は、お前が名誉の負傷を負ったと知って、わざわざこんな辺鄙なところまで足を運んでくださったんだぞ！」

「それはそれは恐縮です」

「まあいい」内村が本題に入る。「とにかく、手負いのお前を最前線に立たせるわけにはいかん。あとは我々が総力を挙げて、お前をそんな目に遭わせたホシを見つけ出す。だから、しばらく休め」

「はい？」

中園が内村に追従した。

「部下を気遣う部長の温情がわからんのか！　いいか？　杉下、休め」

部屋の外でやりとりを聞いていた角田が、小声で独りごちる。

「よっぽど現場から遠ざけたいってか」

右京は見えない目を内村の声がする方に向けて、毅然とした態度で返した。

「お気遣い感謝いたしますが、休むか休まないかは自分で決めますので」


その頃、亘は〈テイトーハウジング品田支店〉の近くのイタリア料理店で、偶然を装い、ひとりの女性と相席していた。女性の名は田村絵梨、〈テイトーハウジング品田支店〉の経理担当の社員だった。先日、亘が伊丹や芹沢と一緒に竹村支店長に話を聞きに行ったとき、亘を見て顔を伏せた女性に他ならなかった。

　食事が進まないようすの絵梨に、亘が水を向ける。

「なにか話したいことあるんじゃない？」

「えっ？」

「今は会社の人、いませんよ。話してください」

「一カ月ぐらい前の夜……」


　絵梨が語ったのは、忘れ物を取りに会社に戻った夜、竹村と森田が言い争う場面を目撃したということだった。

「問題ないっすよ」

　森田佑真が支店長にぞんざいな口の利き方をした。

「そうは言っても、森田くんが取ってきた入居者の保証人、全部でたらめじゃないか」

　竹村が契約書を見て責めると、森田が言い返した。

「ちゃんと家賃さえ払ってもらえれば、文句ないでしょ？」

「いや、でも……」

「じゃあ、契約、全部破棄します？　そしたら、うちの支店、最下位ですよ。支店長も地方、飛ばされますよ」

森田が開き直って、契約書を床にばらまいた。

「ああっ……」

「あんたは黙ってハンコ押してりゃいいんだよ」

体格のよい森田は支店長の首を絞めながら脅したのだった。


「よく勇気を出して話してくれましたね」

亘が労うと、絵梨が申し訳なさそうに訊いた。

「あの……でもどうして、わたしがなにか知ってるってわかったんですか？」

「悩んでる女性の顔は見逃しませんから」

そう言って、亘は微笑んだ。


亘から情報を得た伊丹と芹沢は、警視庁の取調室で竹村誠を取り調べた。

伊丹が核心をつく。

「竹村さん、あなた、殺された森田さんと物件契約のことで揉めてたそうじゃないですか。殺害の動機はそれですか？」

「なんの話ですか？　私、森田を殺してなんかいません」

懸命に否定する竹村に、芹沢が迫る。

「だけど、おたくが扱っている〈オークラ樹脂〉の品田倉庫から、アクリロニトリルという合成樹脂に使う材料が盗まれています。これ、あなたの仕業じゃないんですか？」

「そんなの……知りませんよ、もう……」

そこへ、隣室からマジックミラー越しに取り調べのようすをうかがっていた亘が入ってきた。

「なんだよ、いきなり！」

いきりたつ伊丹に向かって、亘は「一分だけ、いや、十秒だけお願いします」と言い、竹村に奇妙な要求をした。

「竹村さん、ちょっとここで走ってもらえません？」

「えっ？」

困惑しながら取調室の中を走る竹村の足音を隣室で聞いていた右京が独語した。

「彼ではないようですねえ」

その後、亘は特命係の小部屋で、右京に捜査結果を報告した。

「森田が仲介していた物件は、築年数が古い物件や事故物件など、借り手のつきにくいものばかりです。しかも、賃貸契約を結んでいる人たちの多くは生活保護受給者でした」

「生活保護……」

右京が思考を巡らせながらつぶやく。

「右京さんが目を負傷した〈藤山町ハイツ〉の中村さんもそうでした」

右京がからくりを読み解く。

「冠城くん、もしかすると森田は、身寄りのない人たちを保証人なしで空き部屋に住まわせ、その代わりに生活保護で支給されたお金を搾取していたのかもしれませんね」

「おそらく。わかってるだけでも三十人近くいます。森田ひとりじゃできない」

「ええ。監視が必要でしょうからねえ。直接確認できれば早いのですが」

「任せてください」

亘はそう言い残して、部屋から飛び出していった。


〈藤山町ハイツ〉に出向いた亘は一〇六号室の中村を訪ねた。

「たしかに、この部屋は森田さんに紹介されましたけど」

亘の質問にそう答えた中村に、亘がずばりと訊いた。

「その代わり、生活保護のお金を搾取されてたんじゃないですか?」

「そんなことないですから!」

中村がドアを閉めようとしたが、亘は半ば強引にこじ開け、部屋に入った。

「ちょっと部屋の中を見せてもらっていいですか？」

「いやいや……ちょっと！　本当、困りますから！」

中村を振り切った亘は居間の天井に取り付けられた火災報知機に隠しカメラが仕込まれているのを目敏く見つけた。

一〇六号室を飛び出した亘は、四〇八号室に向かいながら、右京に電話をかけた。

「隠しカメラを見つけました。監視してるのはおそらく野川……」


右京は特命係の小部屋で亘の電話を受けていた。

「そうですか。どうやら間違いないようですねえ」

——ですが、取り逃がしてしまいました。すみません。

亘が考えた通り、野川の部屋のモニターは監視カメラの映像を再生するためのものだった。一〇六号室の中村もひとつのモニターに映っていた。ところが、亘が踏み込んだとき、すでに野川は逃走したあとだった。野川は亘が警察官だと知っている。一〇六号室に亘が入ってきたことを監視カメラの映像で知った野川は、どうやら慌てて逃げ出したようだった。

悔しがる亘を右京が慰める。

「いいえ、彼は単なる監視役でしょう。管理人は他にいるはずですから」

電話を切った右京は、なにか思いついたように、バディを呼んだ。

「ヘイ、バディ」

――お呼びでしょうか？

「〈藤山町ハイツ〉の管理会社は？」

――〈花畑管理サービス〉です。

「〈オークラ樹脂〉の品田倉庫の管理会社は？」

――〈花畑管理サービス〉です。

「グッジョブ」

――どういたしまして。

五

真山誠一はスマホで電話をかけたが、留守番電話サービスのアナウンスが返ってきたので、電話を切った。

「あいつ、どこ行ってるんだよ？」

苛立（いらだ）たしげにつぶやいたとき、スマホの着信音が鳴った。電話をかけてきたのは江波和江だった。真山は一瞬ためらってから電話に出た。

「はい。どうしました？」

――真山さん、わたし、事件のこと、全部わかっちゃったんだけど。

「えっ？」真山の顔が瞬時に青ざめた。

――右京さんに話していい？

「ちょっと待って！　和江さんさ、最近、いろいろとお金が入り用だって言ってたよね？　今だったら、用立てることができるんだけどな」

――えっ、お金？

「ちょっとお話できないかな、これから。うん。今から言う場所で落ち合おう。ねっ？」

真山は〈花畑管理サービス〉が管理している倉庫の名前を告げた。

後ろ手に包丁を隠し持ち倉庫に入った真山は、和江を呼んだ。

「和江さん、どこですか？」

建物の中は薄暗く、内部がよく見通せなかった。和江の名を呼びながら奥へ進むと、足音が聞こえた。柱の陰から姿を現したのはステッキを突いた右京だった。

「お待ちしておりました、真山さん」

真山は踵(きびす)を返すと、慌てて入り口のほうへ走っていく。片足を引きずりながら走る真山の前に、亘が立って行く手を阻(はば)んだ。

右京が後ろから近づいてきた。

「あなたですね？　僕の目を傷つけたのは」

亘が真山の罪を暴く。

「真山さん、あなたが生活保護を受けてる方たちからお金を搾取していたことはわかっています。路上生活者や身寄りのない人を探してきては、生活保護を受けさせた上で、森田の会社が所有する物件に住まわせる。そして、管理費などの名目で金を巻き上げる。実際には、彼らを部屋に閉じ込めてカメラで監視し、外部の人間に秘密を漏らさないように脅してたんじゃないですか？」

右京が推理をぶつけた。

「彼らの生活保護の受給額は、およそ十三万円。その中から十万円を搾取し、そこから三万円の家賃を払ったとしても、残りは七万円。それが三十人ということは、年間二千五百二十万円。三年にわたってこれを続けてきた。おそらく、森田との揉め事の原因は金の取り分といったところでしょう。そして、あなたは森田殺害を考えるに至った。ただ、あなたと森田では体格も年齢も違いすぎる。そこで、メロンの箱に催涙スプレーを仕込み、動きを封じ、殺害する計画を立てた」

「ちょっと……ちょっと待ってくれ。たしかに生活保護費の搾取は認める。でも、殺人なんてやってない」

真山が否定すると、右京が片足を引きずって歩きながら、奇妙な擬音語を口にした。

「トン、ツー、トン、ツー」

「は？」

「先ほど、あなたが走ったリズムです。その足ですよ。あなたは、僕が目を負傷する直前まで、あの部屋にいたはずなんですよ。あなたは森田を呼び出し、催涙剤を仕込んだメロンの箱を置き、潜んでいた。ところが、そこへ我々がやって来た。慌てて部屋から逃走した際に、足を負傷したのではありませんか？　だが、その足音を和江さんに聞かれてしまった」

　右京のことばを、亘が継いだ。

「そして、計画に失敗したあなたは、すぐに別の方法を考えた。管理している倉庫の中から、アクリロニトリルを盗み出し、森田をここに呼び出した。調べたら、同じ物質の染みがこの床に残ってました。森田を抵抗できないようにして、首を絞めて殺害した」

　真山は、森田が要求した金を紙袋に入れて、倉庫にあったドラム缶の上に置いておいたのだった。真山の指示通り金を受け取りに来た森田は、紙袋の中に百万円の札束と、札束を上げ底にするように詰められたタオルを見つけた。そのタオルが濡れているのを見て、不思議に思った森田がタオルを取り出し、顔を近づけると、突然苦しみ、倒れた。背後に潜んでいたマスク姿の真山は、持参したロープで森田の首を絞めたのだ。

「もう言い逃れできませんよ」

右京がとどめを刺すと、真山は持っていた包丁をいきなり投げつけた。亘が右京を突き飛ばし、包丁をよける。真山はその隙にブレーカーのところまで移動し、レバーを引いてブレーカーを落とした。ただでさえ薄暗かった建物の中が闇に包まれた。

亘がスマホのライトで室内を照らすと、真山が突進してきた。亘はそれをかわしたが、スマホを弾き飛ばされてしまった。再び闇が訪れる。

そのとき右京の耳に、莉奈のことばが蘇った。

――杖で床を叩くと、音の響き方でお部屋の広さもわかるし、人がいる気配もなんとなくだけどわかるんだ。

右京はステッキで床を叩きながら、闇の中を進んだ。真山は右京が一歩ずつ近づいてくるのにパニックになりながら、四つん這いになって息を殺し、裏口のドアへ向かった。

真山の居場所の大まかな位置をつかんだ右京はポケットからパンダの人形を取り出した。

「莉奈ちゃん、ごめんね……」

と言いながらビーズをほどくと、それを床にばらまいた。しばらく耳をそばだてていると、真山がビーズを踏むかすかな音が聞こえてきた。

右京がそちらに向かってステッキを振り下ろす。ステッキの先が見事に真山の腕をとらえた。右京が真山にしがみつく。

「絶対に……逃がしませんよ」

通報を受け、捜査一課の面々がパトカーに乗ってやってきた。右京から真山の身柄を預かった芹沢が、真山をパトカーに押し込んだ。

伊丹が亘に言った。

「野川って男の身柄も確保した」

「ありがとうございます」

パトカーを見送った亘が右京に声をかけた。

「右京さん、行きましょう」

右京がサングラスをかけた目で空を見上げた。

「冠城くん、見えます」

「えっ?」

「ああ、空が青い。やっと目が見えるようになりました」

「よかったです」

その夜、右京と亘は品田区役所の福祉課を訪れた。残業をしていた白川友里が右京に気づいて駆け寄ってきた。

「杉下さん！　目、治ったんですね」

「おかげさまで。友里さん、こういうお顔をされていたんですね」

「あっ、そっか。はじめて顔、見られるんだ。なんか恥ずかしい……。それで今日は？」

「あなたを逮捕しに来ました」

右京のひと言で、友里の頬がこわばる。右京が続けた。

「森田と真山がお金を搾取していた生活保護受給者の方々の担当は、すべてあなたでした。真山を逮捕しましたが、共犯については口を割っていません。おそらく、どちらかが捕まったとしても、共犯については口を割らないという約束ができていたのでしょうねえ。不動産仲介会社の森田、管理会社の真山、そして、福祉課のあなたがいなければ、生活保護費の搾取など不可能です」

亘が補足した。

「あなたの役割は、生活保護を申請しに来た人たちの中から、条件に合う人を真山や森田に紹介すること。そしてまた生活保護の申請に許可を出すこと」

右京が目を痛めたときの状況を推理した。

「あの日、あなたはたしかに中村さんの部屋にいたのでしょう。目的は、ただケアをしに来たのではなく、事の成り行きを見届けるため。しかし、真山の計画は失敗した。二階から飛び降りる真山の姿でも見たのでしょう。二〇六号室に駆けつけたあなたは、我々が警察だと知って、驚いたことでしょうね。あのとき、あなたの顔を見ることはできませんでしたが、かなり呼吸が乱れているのはわかりました。相当動揺していたのでしょうねえ。そのときから、あなたが怪しいと思っていました」

　それで和江ではなく友里に病院までの付き添いを頼んだのか、と亘は上司の思惑を、いまさらながら理解した。

　歯を食いしばって右京の指摘を聞いていた友里が反論した。

「あの……わたし、そんなに悪いことしてますか？」

「はい？」

「だって、住む場所がない人に部屋を見つけてあげたんですよ。体調が悪くならないようにケアもしてたし、実際、喜んでもらえてるんです」

　厚かましく正当性を主張する友里を、右京は声を張って諭した。

「ではお訊きしますが、あなたの仕事はなんですか？　病気や家族の問題で働けなくなった人たちを支え、救うことじゃありませんか。あなたは自らの欲のために、救われるべき人たちを利用してきたんですよ。そんなことが許されるわけ、ないじゃありませんか！」

　翌日、右京は病院の眼科の待合室で、片倉莉奈と会っていた。

「おじさん、目が見えるようになったの？」

「はい。莉奈ちゃんのプレゼントのおかげで。莉奈ちゃん、手を出してください」

「はい」

莉奈が差し出した右手に、右京がビーズの人形を載せる。

「お礼にこれを」

莉奈は手の感触で、人形がなにかを言い当てた。

「ウサギさんだ！」

「差し上げます」

「おじさんが作ったの？」

「和江さんという方に作ってもらいました」

「ありがとう。わたしのパンダは？」

右京がピンクのビーズで作ったパンダの人形をポケットから取り出す。

「ちょっとほどけてしまったんですがね、それも直してもらいました。手術、頑張ってくださいね」

「わたしね、目が見えるようになったら、本物のパンダ、見に行きたいんだ」

「ああ、それはいいですねえ。本物見たら、びっくりすると思いますよ」

ふたりは声を合わせて笑った。

特命係の小部屋で、高く掲げたポットから勢いよく紅茶を注ぐ右京に、亘が言った。

「右京さん、今回の件で、僕のありがたみ、少しは感じていただけたでしょうか？」

「ええ、多少は。それより君、実は新しい相棒ができましてね」

上司の衝撃的な発言に、亘が驚きを露わにした。

「えっ、誰です？」

「ヘイ、バディ」

右京が呼ぶと、スマホが答えた。

――お呼びでしょうか、右京さん。

「先日の捜査資料を、時系列順に並べてもらえますか？」

――了解しました。すぐに取りかかります。

「あと、和江さんにお礼のメールを」

――はい。文面をおっしゃってください。

特命係の小部屋に油を売りに来ていた角田が目を丸くした。

「おいおい……こりゃ、便利な相棒だね」

「いやいや、こ……こんな相手より、生身の相棒のほうがはるかにいいですから！」

亘が主張したが、右京は別の見解を示した。

「いえ。こちらの相棒は、少なくとも憎まれ口は叩きませんから。ねっ?」

――はい。その通りです。

バディが生真面目な答えをよこした。

第六話
「ご縁」

一

警視庁特命係の警部、杉下右京は都内のシティホテルのラウンジで、優雅なティータイムを楽しんでいた。

「お待たせいたしました。当店期間限定のスペシャルブレンドティーでございます」

ティーカップに注がれた鮮紅色の液体に、右京の目が満足げに輝いた。

「どうもありがとう」

カップに口をつけ、その味わいを堪能していると、意外な人物が姿を現した。捜査一課の刑事、伊丹憲一である。非番なのか普段よりもめかし込み、新しいジャケットに折り目のしっかりついたスラックスという格好だった。伊丹はやや緊張したようすで妙齢の女性の待つテーブルまで行くと、女性に向かって深々とお辞儀をしてから席に着いた。

興味を覚えた右京がそのようすを観察していると、伊丹の後輩の芹沢慶二が現れ、小声で右京を呼んだ。

「警部！　杉下警部！」

「おや」

「シーッ！」芹沢は口に人差し指を当ててから、右京の耳元でささやいた。「伊丹先輩、今日、婚活デートなんすよ」

「おやおや」

「お母様にせっつかれて、やっとやる気になったところなんで、見なかったことにしていただけません？」

「僕には人のプライベートを覗（のぞ）き見するような趣味はありませんよ。ところで、君はどうしてここに？」

「いや、だって……気になるじゃないですか」

そのとき、声を殺して笑う芹沢のスマホが振動した。すぐに電話に出る。

「はい、芹沢です。えっ、アポ電強盗？」

アポ電強盗の被害に遭ったのは、大井川君枝（おおいがわきみえ）という六十歳の女性だった。君枝は、港区の高級住宅地にある一軒家に住んでいた。

「絶対に犯人を捕まえて。二千万、取り返してちょうだい！」

取り乱す君枝を、芹沢がなだめる。

「大井川さん、ねっ、ちゃんとお話うかがいますから、まずは座って落ち着きましょう。はい、座ってください」

君枝が居間のソファに腰を下ろしたところへ、伊丹が白手袋をはめながら入ってきた。

「おい、どんな感じだ？」

「あれ？　先輩、デートは？」

「馬鹿野郎、そんなことやってる場合かよ。緊急事案って連絡が入ったんだ。で、なんで警部殿がいるんだ？」

伊丹はいつものように勝手に現場に入って捜査をしている右京を気にした。変わり者の警部はキャビネットの上に置かれた郵便物に目を走らせていた。その中には「出会いのその先……縁麗会（えんれいかい）」と印字された大きな封筒もあった。

「どうも」右京が会釈を返す。

「偶然会って、ついてきちゃったんですよ。そういう先輩の後ろにも……」

芹沢に指摘されて振り返った伊丹の前に、右京の相棒の冠城亘の姿があった。

「えっ？　お前！」

「どうも」亘も会釈した。

伊丹と芹沢が君枝の両側に座るかっこうで、事情聴取を開始した。

「さっそくですが、今日昼過ぎに、息子さんが働いている病院の弁護士を名乗る男から電話があったそうですが」

伊丹が口火を切ると、ようやく落ち着いてきたようすの君枝が話しはじめた。

「はい。うちの大和（やまと）は、横浜の病院で外科医として働いているんですけどね。通勤中の電車の中でぶつかって口論になった相手を殴って、警察の取り調べを受けているって言われました。相手は無事だけど、後遺症が残る可能性があるので、ご家族が訴えるって」

「それで示談金を用意できるか訊いてきた」

「はい。示談にするなら今日中に現金を用意して誠意を見せろ。先方がそう言っているからって」

「電話が怪しいとは思わなかったんですか？」

芹沢の質問に、君枝がむきになる。

「そんな……。だって向こうは、うちの大和のことをよくご存じだったのよ」

電話をかけてきた男は、小森という院長が大和に期待しているとか、看護師たちに大和が慕われているという話も引き合いに出したので、君枝はまったく疑わなかったという。

伊丹が君枝に先を促す。

「で、金庫に二千万あると話してしまった」

「はい。それでまた連絡すると言うので電話を切って、心配なので大和に連絡してみたんですが……」

立ったまま話を聞いていた右京が割って入った。

「繋がらなかったので、取り調べ中だと思われた」

「おっしゃる通りです」

伊丹は右京を目で牽制してから続けた。

「そうしてる間に強盗が来たんですね？」

「はい。三十分ぐらい経ってからでしょうか。インターホンが鳴って、警察の方が息子の件で話を聞きたいと言うので……」

ドアを開けると、白い仮面で顔を隠した三人組が押し入ってきた。ひとりはナイフを持っていた。抵抗する間もなく捕らえられた君枝は、手足を縛られ、猿ぐつわをかまされた。強盗たちは金庫を開けると、金を奪って逃げたのだった。

「恐ろしい思いをされましたね」

伊丹が思いやると、君枝は声を大にして訴えた。

「殺されるかと思ったわよ！」

右京が一歩前に出た。

「お話をうかがうと、犯人は息子さんのことを非常によく調べているようですねえ。連絡を取れないように、診察時間などを調べた上で電話してきたのでしょう」

右京の隣に控えていた亘が続いた。

「息子さんの情報がどこから流出したのか、心当たりありませんか？　病院でのようすまで知っているとなると、限られると思いますが」

亘のことばを受け、君枝が考えた。

「ご近所の方も、息子のことはよく知っていますし……。僻み？　妬みかしら？　そうよ、お隣！　この間、投資に失敗したって！」

いきなり決めつけてソファから立ち上がった君枝を、芹沢が制する。

「いや、ちょっ、ちょっと、なにもそうと決まったわけじゃありませんから……」

「離してよ！　白状させてやるんだから！」

興奮して叫ぶ君枝の前に、伊丹が立つ。

「まあまあまあ……とりあえず、金庫のある部屋、見せてください」

君枝はなおも隣の家に直談判に向かおうとしたが、伊丹と芹沢がなんとかなだめて金庫のある寝室へ案内させた。

居間に取り残された亘が、右京に疑問をぶつけた。

「院長から期待され、看護師からも信頼されてる。そんな立派な息子が人を殴ったなんていう話を、親はすぐ信じてしまうものなんですかね」

そこへ髪の毛がぼさぼさで、よれよれのコートを着た、冴えない風貌の男がふらっと入ってきた。

「あの……」

「どちら様でしょうか?」

右京が訊くと、男は「母は?」と返した。

「息子さん?」

亘が目を丸くした。


警視庁に設けられた捜査本部で捜査会議が開かれた。

「捜査一課、報告を頼む」

参事官の中園照生が要請すると、伊丹が立ちあがって報告した。

「はい。事件発生は本日、十二月十三日の十四時。被害者は大井川君枝さん。犯人グループは、医師である息子さんの傷害トラブルを騙り、家に現金があることを確認した上で、三人で押し入り、君枝さんを縛って金庫から現金二千万円を奪い逃走」

芹沢があとを継ぐ。

「事件直後、青い車が走り去るのを見たという証言から、付近の防犯カメラを確認したところ、品川ナンバーの青いワンボックスカーが事件の前後、現場付近の路上を通行していたことがわかりました。現在、追跡中です」

中園はうなずき、「じゃあ次、組対」と要請した。

組織犯罪対策五課長の角田六郎が起立した。

「はい。今年に入ってから、今回と似た手口のアポ電強盗が六件あり、いくつかの特殊詐欺グループの動きを追っていたところ、本件発生前に、あるグループがネットで高額闇バイトを募集していたことがわかりました」

　角田の報告を、サイバーセキュリティ対策本部の青木年男が補足した。

「闇バイト、裏バイト、高収入、借金返済といったタグのついた投稿を繰り返していたアカウントです。ほかにも高齢者情報募集、高額謝礼といった詐欺のターゲット情報も募集していましたが、事件後、アカウントは削除されて、残念ながら発信者の特定には至っていません」

「では各班、引き続き……」

　中園が会議を締めくくろうとすると、一番後方の席に座っていた右京が、右手の人差し指を立てて発言した。

「ひとつ、質問よろしいでしょうか？」

「杉下！　お前、なんでここにいるんだ？」

　呆れかえって声を裏返らせる中園を軽くいなして、右京が質問した。

「そのことはさておき、詐欺グループは詐欺のターゲット情報をネットでも募集していたということですが、今は名簿を使うことはないのでしょうか？」

　答えたのは角田だった。

「名簿屋もだいぶ手を引いてるからな。今年起こったアポ電強盗は全部、闇名簿に載ってない高齢者を狙ったもんだったよ」

「そうですか」

中園が主導権を取り戻し、全員に活を入れた。

「ともかく、犯行グループを一網打尽にするため、各課を超えて、一丸となって捜査にあたってもらいたい。どんな手を使っても構わん！　いいな！」


右京が特命係の小部屋に戻って紅茶を淹れていると、亘が帰ってきた。

「ただいま戻りました」

「収穫はありましたか？」右京が訊く。

「ええ。被害者の息子、大和さんの勤務先の病院で聞き込んだところ、まずひとつ目、『院長に期待されている』ですが……」

亘が質問した看護師は笑いながら否定した。

――院長に期待されてる？　大井川先生が？　ありえません！　たぶん名前も覚えられてないと思います。

「ふたつ目、『看護師たちから慕われている』については……」

昼食中の看護師たちに探りを入れたが、返ってきたのは否定的なことばかりだった。

──ない、ない！　いっつもひとりでお昼食べてるから、かわいそうだなって思うんだけど、一緒に食べる気にもねえ。

──ねえ。うちらもそこまで面倒見てあげられないよね。

「悪い人じゃないんだけど……そういうことでした」

「なるほど」

亘の報告に右京がうなずいたとき、伊丹と芹沢が連れ立って入ってきた。伊丹が亘を睨（にら）みつける。

「特命係の冠城亘！　お前、勝手に被害者の息子さんが勤務する病院に聞き込みに行ったそうだな？」

「今回、合同捜査、一丸となってよろしくお願いします」

慇懃（いんぎん）に頭を下げる亘に、伊丹が嚙（か）みついた。

「その一丸に特命係は入ってねえ！　いいか？　二度と邪魔すんじゃねえぞ。警部殿も！」

いきりたって出ていく先輩のあとを追おうとする芹沢を、亘が呼び止めた。

「ちょっちょっ……。伊丹さん、ずいぶんご機嫌斜めじゃない」

「いや、実はさっきさ、婚活デートの相手の母親から電話があって、エリート公務員だって書いてあったのに、現場の刑事だなんて聞いてない！　そんな危険な仕事の方と結婚はさせません、って断られちゃって。もう不機嫌、不機嫌」

「伊丹さんが婚活？」

意外そうに訊き返す亘の反応を見た芹沢が、自分の失言に気づいた。

「あら、えっ！」

右京がティーカップを片手に言った。

「おやおや。見なかったことにするという約束を僕は守っていたのですがねえ」

「ああ！　また怒られる……」

嘆きながら部屋から出ていく芹沢の背中を見送りながら、右京は君枝の家で見たパンフレットのことを思い出していた。

「なるほど。情報の出どころですか……」

二

翌日、単身で大井川君枝を訪ねた右京は、さっそく大きな封筒の中に入っていたパンフレットを見せてもらった。

「〈縁麗会〉がなにか……？」

不審そうな君枝に、右京が訊いた。

「聞くところによると、この〈縁麗会〉は親による代理婚活パーティーを開いていると

ねて
「実は、息子さんの情報がその会から出ている可能性があるのではないかと思いまして
ね」
「まあ、よくご存じで」
か」
「まあ、なんてこと……」
右京の求めに応じて、君枝が息子のプロフィールシートを手渡した。
「これがプロフィールシートです」
右京は受け取って、アピールポイントの欄に目を落とした。
――病院では院長から次世代を担う若手医師として期待されており、看護師たちから
も慕われているようです。
右京は顔を上げ、「では、パーティーでは気に入ったお相手同士で、このプロフィー
ルシートを交換するわけですね？」
「そうです。で、子供たちが気に入れば、デート。もしデートにならなければ、このシ
ートはお相手にお返しするって約束で」
「なるほど。すみませんが、どなたとプロフィールシートを交換したか、教えていただ
けますか？」
「デートにならなかったのでもうお返ししましたけど。……あっ、お名前だけなら」君

枝がノートを手に取ってめくる。「うちの大和は医者でしょ？　なかなか釣り合う方がいらっしゃらなくて。あっ、ありました」

「拝見します」

そこにはふたりの名前が記入してあった。

——阿久津貴子さん、娘　琴音さん、二十六歳　家事手伝い
——津田保さん、娘　のぞみさん、二十八歳　保育士
〈縁麗会〉のパーティーについて調べ、特命係の小部屋に戻ってきた亘が、右京に報告する。

「阿久津貴子と津田保。あさってのパーティーの申し込みリストに、名前がありました」

「そうですか。このふたりのうちのどちらかが、本当に特殊詐欺に情報を流しているのか、実際にコンタクトして確かめるしかなさそうです。で、我々の参加のほうは？」

右京はそのパーティーに潜入捜査をするつもりだった。

「かなり渋られていましたが、あくまで参加者として振る舞うということなら喜んでと、協力いただけるそうです」

「ときに君の強引さは非常に役に立ちます」

「主催者として、犯罪に悪用されるのは許せないということですから。両親が参加できない場合、親代わりの人でも問題ないようです」

「なるほど。では、僕が親代わりとして、あとは息子役ですねえ」

「適役がいますね」

右京も亘と同じ人物を頭に思い浮かべていた。

「ええ」


そのとき廊下を歩いていた青木は、前触れもなくくしゃみに襲われた。

「くそっ、どうせ特命あたりが悪口を言ってるんだ！」

青木はひとりで毒を吐いた。


翌日、右京は〈縁麗会〉主催の代理婚活パーティーに参加した。二十四番の札をもらった右京が席に着くと、隣のテーブルで「お席はこちらです」という声がした。中年女性を席まで案内してきたのは、スタッフとしてパーティーに潜入した亘だった。

亘は右京に目配せをして、部屋の隅に下がっていく。

まもなく女性司会者がパーティーの段取りを説明した。

「皆様、本日はお集まりいただき、誠にありがとうございます。さっそくですが、お配りしている参加者一覧には、お子様の簡単なプロフィールが記載されています。こちらのリストをもとに、前半はご令嬢の親御様、後半はご子息の親御様に、お話ししてみたい方のお座席に出向いていただき、合意のもとでプロフィールシートとお写真を交換していただきます」

司会者のアナウンスの間、右京は参加者一覧を見ながら、三番の阿久津貴子と八番の津田保の姿を探していた。貴子はワンピース姿の五十年配の女性で、津田はジャケットを着た六十代前半と思しき男性だった。

「では、まずはご令嬢の親御様から、どうぞ」

アナウンスが終わったとたん、三人の中年女性が右京のもとへ駆け寄ってきた。

「あの……よろしいでしょうか？」

真珠のネックレスを着けた女性が右京の隣に座る。

「おやおや。これはこれは。よろしくお願いいたします」

女性が青木のプロフィールシートを見ながら、娘のシートを右京に渡した。

「年男さんは、IT会社にお勤めでいらっしゃるんですね。うちの娘もIT系ですので、お話が合うかもしれませんね」

「そうですか。いや、年男くんはですね、とても仕事熱心なようです。ただ、どうやら大義よりも利益で動くタイプのようでして、さてさて……お嬢様にはいかがでしょうかねえ。う〜ん、まあ、よく考えていただいて……」

右京がやんわりと断ると、続いて座ったのは青いフォーマルスーツをまとったふくよかな女性だった。見合いに発展するのを断るため、今度は特殊な趣味を引き合いに出した。

「チェス?」

顔を曇らせた女性に、右京が嬉しそうに語る。

「ええ。職場の休憩時間にやっているようですが、どうも手ごわいライバルがいるようでしてね。休日も一日中、家に引きこもっては腕を磨いていると、ええ……そう聞いてますねえ」

このとき、警視庁のサイバーセキュリティ対策本部には青木の大きなくしゃみが鳴り響いていた。

「風邪か?　いや、なんか嫌な予感がするな……」

青木の勘は当たっていた。

「ご期待に添えなくて……」

右京が三人目の女性をなんとか断ったとき、司会者が登場した。

「ただいまから十分間の休憩を挟みまして、後半、ご子息のいらっしゃる親御様からのアプローチタイムとなります」

休憩時間に、パーティー会場の外の階段で右京と亘は情報交換をした。

「阿久津貴子と津田保、青木には興味がないようですね」

「年齢的には、ちょうどいいはずなんですがねえ」

「やっぱり青木のプロフィール使ったの、失敗ですかね。あいつ、モテないから」

右京はコメントせず、亘の首尾を訊いた。

「ふたりのようすはどうでしたか?」

亘は貴子と津田の動きを追っていたのだった。

「阿久津は相手が金持ちそうな男親だとあからさまに媚を売り、積極的に男に誘いをかけてるように見えました」

「津田のほうは?」

「津田はプロフィールシートの交換を渋られることが多くて、かなり粘ってましたが……」

「どちらも熱心。では、我々も熱心にアプローチしてみましょうか」

右京が作戦を決めた。

後半に入り、右京はまず阿久津貴子の席を訪れた。プロフィールシートに貼られた写真の琴音は華やかな美人だった。

「琴音さんは美しいお嬢様ですねえ」

右京が娘を褒めると、貴子は「ありがとうございます」と、頭を下げた。

右京がプロフィールシートに目を落とす。

「お母様は会社経営とありますが……」

「趣味のような小さなジュエリー会社なんです。結婚後に立ち上げたので、夫の支えがあってこそですが……。恥ずかしい話、もう別れてしまいましたが……」

「そうでしたか」

「だから、娘のお相手は経済力のある方でないと……」

「ああ、たしかに……」

「大変失礼なんですが、わたし、年男さんのお勤めの会社、存じ上げなくて……」

青木のプロフィールシートに書かれた会社名はでたらめだったので、貴子がそう言うのももっともだった。しかし、右京は嘘を重ねた。

「実は、年男くんにはいずれ起業してもらおうと思っています。そのための資金も、もう用意してありますから」

「えっ？　杉下さんがご用意されてるんですか？」

「私、年男くんのお父様のおかげで、一生暮らしに困らないほどの資産を手に入れることができました。その恩返しをしたいんですよ」

貴子が目を輝かせ、右京の腕に手を添えた。

「どうぞよろしくお願いいたします」

「こちらこそ」

ようすをうかがっていた亘は、心の中で「ひとりゲット」と叫んだ。

続いて右京は津田保の席を訪れた。保育園のエプロン姿で写った津田のぞみは、写真で見る限り、純朴で生真面目そうな女性だった。

「起業させる？」

右京から嘘を聞いた津田が、声をあげる。

「ええ。そのためにも、早く身を固めてもらいたいと思ってましてて」

「他人なのにそこまでやってやるんですか。たいしたもんです」

感心しきりの津田を、右京が褒めそやす。

「いやいや、津田さんこそ、男手ひとつで娘さんを育ててらっしゃる。いやあ、ご立派ですね」

「そういう運命に当たっちまったから、仕方なくやってるんです」

「ぜひ娘さんとのご縁をいただきたいのですが……」

右京が申し出ると、津田は遠慮がちにのぞみのプロフィールシートを差し出した。

「うちの娘で釣り合うかどうかわかりませんが……」

「ありがとうございます」

一礼をして顔を上げた右京は、亘にそっと目配せした。


次の日、特命係の小部屋でふたりはホワイトボードに阿久津貴子と津田保の写真を貼り、プロフィールなども記入して、角田と一緒に事件を検討した。

ふたりから話を聞いた角田が状況を理解した。

「じゃあ、なにか？　このふたりのどちらかから、特殊詐欺グループに被害者の情報が渡った。そういうことか？」

「ええ。我々はそう見ています」

右京が答えると、角田が勢い込む。

「で、ふたりのどっちが怪しいんだ？」

亘が貴子の写真を指差した。

「まずはこっちの阿久津貴子。貴子の会社は新規店舗を増やした結果、借入金が膨らみ、資金繰りが苦しくなってます。負債は六千万。返済期限は年内に迫ってます」

「倒産の危機」と書き加える亘に、右京が見解を述べた。

「しかし、六千万というと、情報を売ったところで、焼け石に水のような気がしますねえ」

「たしかにな」角田が認めた。「で、この津田って奴は？」

そこへ青木が憤然とした面持ちで入ってきた。

「杉下さん、冠城さん。いったいどういうことですか？　僕のプロフィールを勝手に使って捜査するなんて」

「まあ、怒るなって。ここは一丸となって……」

なだめる亘に助太刀するように、右京が言い添える。

「ええ。中園参事官もどんな手を使ってもとおっしゃってましたしね」

「なにが『どんな手を使っても』、なにが『一丸』ですか！　いつも通り勝手にやってるだけでしょ」

青木の怒りをスルーして、右京が訊く。

「そんなことより、青木くん。お願いした津田保の件は？」

青木は怒りを露わにしたまま、ホワイトボードの「津田保」の文字の上に、赤いマーカーで大きく「偽名」と重ね書きした。

「はあ！　偽名なのか？」

驚く角田に、青木が説明する。

「ええ。津田保という名前で該当する人物はいません。携帯も架空名義契約の、いわゆる飛ばし携帯です」

「じゃあ、俄然、この津田って奴が怪しいだろ！　でも偽名じゃ、もう探りようがねえな」

「ええ。これではもうさすがの僕もどうしようもありません。では、これで」

さっさと去ろうとする青木の背中に、右京がことばを投げかける。

「もうデートの約束は取りつけました」

「えっ⁉」

振り返った青木に、右京が言った。

「おふたりとも、予想通り、娘が乗り気じゃないとかなんとか、散々、渋られましたがね」

「どうやってOKさせたんですか？」

亘が興味津々に訊いた。

「謝礼金をお支払いすると伝えました。恩人の息子さんをがっかりさせたくないので、一回デートしてくれたら、二十万円お支払いすると」

「おいおい、そんな無茶な！　捜査費用、さすがに出ねえぞ」

呆れる角田に、亘が頭を下げる。

「課長、ここはひとつ、よろしくお願いします」

「お断りします」青木が宣言した。「デートするのは僕なんですよね？　僕はデートなんて絶対に嫌ですからね」

「まあまあまあ」亘は青木にホワイトボードに貼られた阿久津琴音と津田のぞみの写真を示した。「ほら、琴音さん、のぞみさん。いいなあ、お前、こんな美人とデートができて」

「だったら、冠城さんがすればいいじゃないですか」

あくまで逃げようとする青木の前に、角田が立ちふさがる。

「青木、ここはひとつ頼む。事件解決のためだ」

右京もにじり寄る。

「君に断られたら、我々にはもう打つ手がありません」

亘は青木に顔を寄せた。

「ほら、ここは一丸となって」

「それ以上、近づくな！」

青木が大声で叫んだ。

三

　翌日の昼間、青木は開放的な雰囲気のカフェで阿久津琴音を待っていた。少し離れた席から亘がそれをうかがっている。

　待ち人は時間通りに現れた。

「青木さんですよね？　はじめまして。阿久津琴音です」

　笑顔で挨拶する琴音がプロフィールシートの写真以上に美人だったので、青木は思わず息を呑んだ。

　ふたりともコーヒーを頼み自己紹介をしたあと、お互いを知るために雑談をはじめた。青木の話題はもっぱら特命係のふたりに当てつけたものだった。

「そのふたりっていうのがね、本当に性格の悪いふたりで、僕、迷惑かけられっぱなしなんですよ。そのくせ、困ったときにだけ頭下げてきて、本当、勝手ですよねえ！」

　そのとき琴音のスマホが振動した。琴音はスマホを取り上げ、「母からです。すみません、ちょっと出てきます」と席を立った。

「はい、どうぞどうぞ」

　電話のために琴音が席を外している間、青木は亘にあっかんべーをして気を紛らわせた。やがて、琴音が戻って来た。しかし、席には座ろうとせず、置いてあったハンドバッグを取り上げた。

「すみません。じゃあ、わたしはこれで」

「えっ？」

呆気（あっけ）にとられる青木に、琴音は言った。

「母から、もう婚活やめていいって」

「えっ、ちょっと待ってください。どういうことですか？」

「母に再婚相手が見つかって、もうわたしがお金の心配をしなくてもよくなったんです。そのための婚活だったので。じゃあ」

琴音は振り返りもせずに去っていった。


その夜、青木はしゃれたレストランで津田のぞみを待っていた。すると、ひとりの女性が声をかけてきた。

「あの……青木さん？」

「はい。そうですが……」

「津田のぞみです。よろしく！」

「えっ！」

青木が驚いたのも無理はなかった。青木の前に座ったのは、プロフィールシートの写真とは似ても似つかない、派手なメイクの蓮っ葉な感じの女性だったのである。

「すみません。お写真と雰囲気が違ったので」

　女性は声をあげて笑った。

「そうだよね。それは婚活用だから。いま、パソコンで好きな顔に修整できるじゃん?」

「……そうだね」

「なに食べよっかな～!」

　さっそくメニューを検討しはじめたのぞみを名乗る女性に、青木はやけくそ気味に言った。

「なんでも頼んじゃってください。僕も飲んじゃおうっと!」

　離れた席では、亘が青木の前に現れた女性とプロフィールシートの写真を見比べて、困惑していた。


　翌朝、亘は特命係の小部屋で右京に意見を聞いた。

「琴音さんの母親の話は信じていいんでしょうかね?」

「阿久津貴子さんは、自分に商品価値があることを知っています。そういう人がお金に困った場合、通常狙うのは資産家との結婚。犯罪ならば、結婚詐欺の類いといったところでしょうかねえ」

「詐欺グループに情報を売る、というようなことはしないと？」

右京はパソコンで調べ物をしながら、「だと思います」と答えた。

亘が昨夜レストランで撮影した青木と女性のツーショット写真をホワイトボードに貼る。

「……となると、やはりデートに娘とは別人が現れた津田がクロ」

「目の前に二十万円という餌を吊るされた津田は、それを手に入れたくて、慌てて娘役を用意したのでしょうねえ」

「いま、のぞみさんになりすましてた女の写真を角田課長に調べてもらってます。それにしても青木の奴、ひとりで盛り上がっちゃって、相手に探り入れるのをすっかり忘れやがって……」

青木は昨夜、仕事のことなどすっかり忘れ、現れた女性と意気投合したのだった。

と、パソコンを操作する右京の手が止まった。

「冠城くん、見つけました」

「なにをです？」

「これですよ」

右京のパソコンには〈もえぎやま保育園〉のホームページが表示されていた。そのロゴマークは、プロフィールシートの写真で津田のぞみのエプロンについているものと同じに見えた。

　ふたりはさっそく〈もえぎやま保育園〉を訪問し、園長と面会した。園長は髪に白いものの目立つ初老の女性だった。右京が差し出した津田のぞみの写真を目にして、園長が言った。

「あら、のぞみさん……」

「こちらにお勤めでいらっしゃる？」

　右京が訊くと、園長がうなずいた。

「ええ。秋山のぞみさん。たしかにうちで働いていました」

「秋山のぞみ？」亘が確認する。

　園長が昔を懐かしむような顔になった。

「ええ。とっても明るくて優しい先生で……。働きはじめて二年目の頃ですかねえ、がんが見つかって……。若かったから進行が早かったんでしょうね。一年くらいして、亡くなってしまったんです」

「それはいつ頃のことでしょう？」と右京。

「もう五年になりますか。のぞみさんのお宅はお母様が早くに亡くなられて、父ひとり、娘ひとりのご家庭だったんですけど、見ていて羨ましくなるくらい、仲が良くて。のぞいましたから。娘さんが忘れ物したりすると、お父様の耕平さんは、わざわざ園まで届けに来られていました。お葬式でお会いしたとき、お父様はかなりショックを受けてらして、とても見ていられませんでした」

「その後、お父様がどうされてるか、ご存じないですか？」

亘の質問に、園長が記憶を探る。

「一度、園にご挨拶に来てくださったことがあって。たしかがんで子供を亡くされた親御さんたちが支え合う会のようなものにお入りになって、お元気になったとおっしゃってましたよ」

「支え合う会……ですか。そうですか。いやあ、お忙しいところ、ありがとうございました」

右京が頭を下げた。

保育園からの帰り道、亘が園長からもたらされた津田保の情報を口にした。

「津田の本名は秋山耕平」

「青木くんに調べてもらってください」

「連絡しておきました。だけど、なんで亡くなった娘さんを詐欺に利用しようなんて……」

疑問を呈する亘に、右京は「ええ。なぜでしょうねえ」と応じた。

そのとき、亘のスマホが振動した。画面を見ると角田からの電話だった。

「冠城です。……えっ？　のぞみさんになりすましてた女の正体がわかった？」

――ああ。津田の娘としてデートに現れたのは、広瀬乃愛という女だ。大久保を拠点としている新興の半グレグループのリーダー、榊大地の女だった。

「半グレグループ？」

――お前らの読み通りだ。津田を名乗っていた男が特殊詐欺のターゲット情報を榊たちに流した。間違いない。


夕刻、右京がアパートの前で待っていると、秋山が足を引きずりながら仕事から帰ってきた。秋山は工事現場で車の誘導の仕事をしていた。右京と亘は昼間、同僚から小言を言われながら仕事をする秋山の姿を、遠くから見ていた。

「津田さん」

右京が声をかけると、秋山は目を瞠った。

「あんた、杉下さん⁉　どうしてここに？」

右京が警察手帳を掲げる。

「十二月十三日に発生した強盗事件のことで、お話をうかがいたいのですが。津田さん……いえ、秋山耕平さん」

秋山は踵を返したが、そこには亘が立ちふさがっていた。右京が言った。

「秋山さん、あなたのやったことは、すべてわかっているんですよ」

右京と亘は秋山の部屋に上がった。質素な部屋だったが、仏壇には妻とのぞみと一緒に撮った写真が飾ってあった。

「あなたが身元を偽って、〈縁麗会〉の婚活パーティーに参加していたことはわかってます。そこで手に入れた情報を、特殊詐欺グループに流していたことも」

亘のことばに、秋山が仏壇に花を手向けながら開き直った。

「だったら、捕まえればいいじゃないか。逃げも隠れもしないよ」

「もちろん、いますぐ任意同行をお願いすることもできます。ですが、その前にひとつお願いしたいことがあります」右京が右手の人差し指を立てた。「あなたに、この事件を終わらせてほしいのですよ」

四

中園が自宅でくつろいでいると、固定電話が鳴った。

「はい、中園ですが」

――中園裕太さんのお父様でしょうか？

「ええ、そうですが……」

——私、裕太さんからご相談を受けております弁護士の木下(きのした)と申します。

「はあ……」

中園が戸惑った声を出すと、木下と名乗る男が言った。

——突然で驚かれると思いますが、裕太さんがお付き合いされている女性の方が妊娠しまして……。

「えっ、あの……妊娠ですか？　それで、なんで弁護士さんが？」

——実はお相手が結婚されている女性で……。

「えっ、不倫⁉」

——そうなんです。それで慰謝料が必要になっておりまして。できれば、今日のうちにでも相手の方にお渡ししたいと思うのですが……。

「もう、まったくあいつは！」中園は息子をののしると、木下に言った。「もしもし？　わかりました。すぐにお金を用意します。いくらですか？」

しばらくして中園がリビングで用意した金を紙袋に詰めていると、インターホンが鳴った。

「はい」

玄関先に男の姿があった。

「すみません。警察ですが、お宅の壁に落書きがあるようで……」

「えっ？」

「確認していただいてもよろしいでしょうか？」

「うちの壁に？　わかりました。ちょっと待っててくださいね」

中園が玄関に行き、ドアを開けると、白い仮面で顔を隠した男が三人押し入ってきた。そのうちのひとりはナイフを持っていた。

「怪我したくなかったら、おとなしくしてろ！　金があるのはわかってる。どこだ？」

中園は三人組に手足を縛られ、猿ぐつわをかまされて、リビングのソファに転がされた。三人組は紙袋の金を奪うと慌てて逃げていく。

玄関ドアが閉まったとき、隣の部屋に隠れていた右京と亘の他、六人の捜査員たちが一斉にリビングに入ってきた。亘が中園の猿ぐつわを取る。

「杉下！　もう少しで怪我させられるところだったじゃないか！」

文句を言う中園を、右京が褒める。

「参事官、完璧でした」

「おお……そうか。あっ、ところで盗られた金、ちゃんと返ってくるんだろうな？」

心配する中園に、亘が言った。

「ご安心を。あとは角田課長と伊丹さんが……」

中園の自宅近くでは、伊丹と芹沢が車で待機して、犯人の車を見張っていた。すると三人の男が中園邸から出てきて車に乗り、すぐに発進した。伊丹たちの乗った車が尾行を開始する。

しばらく走ると、犯人たちの車が停(と)まり、男がひとりバッグを持って降りた。伊丹が本部で指揮を執る角田に無線で伝える。

「犯人グループのひとりが〈中野記念公園〉で下車。茶色いバッグに黒いフードを被(かぶ)り、グレーのダウンを着用。公園に入っていきました」

——了解。ダウンの男を追え。

角田の命令を受け、伊丹の車に同乗していた捜査員ふたりが下車して公園に向かった。

「逃走車両が動き出しました。追跡します」

伊丹が角田に報告し、犯人の車を追跡する。逃走車両はしばらく走ったところで、待ちかまえていた捜査員に取り囲まれ、確保された。

一方、ダウンの男は公園のベンチに座り、茶色のバッグを隣に置いた。待ちかまえていたように長髪の男がベンチに座る。まもなくダウンの男はバッグをベンチに残したまま立ち去った。長髪の男がバッグを抱えて足早に去っていく。どちらの男も捜査員が尾行していた。

ダウンの男のほうはしばらく歩いたところで、捜査員に取り押さえられた。金を持った長髪の男のほうはそのまま泳がされた。男がとあるビルに入ったところで、追ってきた捜査員が無線で連絡する。

「バッグを持った男が大久保の〈第二朝日ビル〉に入っていきました」

無線を聞いた伊丹たちが〈第二朝日ビル〉へと急ぐ。

伊丹たち捜査員が踏み込んだとき、榊大地や広瀬乃愛らの半グレグループは金を手に入れて浮かれていた。油断していたところへ一斉に突入され、なすすべもなく全員捕まった。


警視庁の会議室に亘が入ってきた。

「終わりました。全員、逮捕されたようです」

会議室ではテーブルを挟んで、右京と秋山が向き合っていた。報告を受けた右京が言った。

「秋山さん、あなたのご協力のおかげです」

「どうしてだ？　どうして俺に協力なんて頼んだ？　裏切るとは思わなかったのか？」

「人が犯罪に走る要因のひとつは、孤独だと考えられています」

「孤独？」秋山が訊き返す。

「ええ。家族を失ったあなたは、たしかに孤独でした。ですが、あなたには家族を支え、奥さんと、そしてのぞみさんと過ごした幸せな時間があります。そういう人間はたとえ罪を犯したとしても、どこかに良心が潜んでいるものです」

「良心?」秋山が自嘲した。「そんなもの、もう残ってないよ」

「協力していただけると思ったのには、ほかにも理由があります。あなたの中には詐欺に対する怒りがあるはずです。ですから必ず協力に応じてくれると信じていました」

「えっ……」

意外そうな秋山の目を、右京が正面から見つめる。

「のぞみさんの死から必死で立ち上がったものの、あなたは足を悪くしてしまい、それまでの大工の仕事を続けられなくなりましたねえ。わずかな年金だけでは生活もままならず、足を引きずりながら、警備の仕事を続けるしかなかった」

「そんなあなたをさらなる絶望のどん底へと突き落とす事件が起きた」

亘の発言を右京が受ける。

「秋山さん、あなたも特殊詐欺の被害者だったんですね」

「どうしてわかった?」

「あなたはがんで子供を亡くした親御さんの会に入っていましたねえ。その会の名簿が以前、詐欺グループに悪用されたことがありました」

秋山がぽつりぽつりと告白をはじめた。

「詐欺の電話がかかってきたとき、足の具合は悪くなる一方で、警備の仕事を続けるのがつらくなってきた。そんなとき、のぞみの医療費の還付があるって話を聞いて、のぞみが応援してくれてるんだって思った。だが、実際は……騙された。四百万だ。妻も娘も仕事も奪われて、それでもなんとか踏ん張って生きてきたのに……。あいつら、根こそぎ奪っていきやがった」

秋山は少し間を空けて、続けた。

「仕事も辞めちまおう。野垂れ死んでもいい。生きていたって、つらいことばかりだ。そう思っていたときに、ネットで詐欺のカモになりそうな人の情報が売れるって、若い連中がしゃべってるのを聞いた。ひどい世の中だと思ったよ。でも、その一方で、親の婚活とやらをテレビでやってた。子供がいるだけで幸せなのに、金を払って結婚相手を探す奴らに腹が立った。こいつらから金を取ってやろうって……」

話を聞いていた右京が、秋山を見つめ、穏やかな口調で語りかける。

「しかし、あなたが情報を売った大井川君枝さんも、夫を亡くし、女手ひとつで息子さんを育ててきた母親でした」

亘も続けた。

「君枝さんは強盗に手足を縛られ、殺されるとまで思ったそうです。気丈に振る舞ってますが、小さな物音にも脅え、目を閉じると恐怖が蘇るので、ひとりでは寝られないと」

右京と亘のことばを聞いて秋山ははっとした顔になったが、言い返した。

「それでも、まだ家族も金もあるんだろう？　不公平だ……」

右京が諄々と諭す。

「あなたは家族を守るために必死で働き、そしてその家族を失い、追い詰められて過ちを犯してしまいました。それは決して許されることではありません。ですが我々は、一生懸命、汗水流して生きてきた人生をあなたに捨ててほしくないと思っています。たしかに世の中は不公平かもしれません。ですが、それを乗り越えることができれば、もう不公平ではありませんからね」

右京の説得が秋山の心に届いたようだった。

「なあ……」

「はい」

「ちっちゃくてもいいから、かみさんやのぞみのために、墓を建ててやりたいって、ずっと思ってた」

「ええ」

「出てからでも……遅くないかな？」

「決して遅くはないと思いますよ」

　亘が請け合うと、右京も「ええ」と同意した。


　事件が解決し、捜査本部は後片付けの最中だった。中園が右京と亘に大声でぼやいた。

「捜査権のない特命係が勝手に捜査するとは何事だ、と刑事部長がいたくおかんむりだ。それに乗るお前もお前だと、私まで怒られちゃったじゃないか……」

「いえ。今回、無事犯人グループを逮捕できたのは、ご自宅を提供し、身を挺して、被害者役を引き受けてくださった参事官のご尽力のたまものです」

「ええ。しかも、ご自身から進んで」

　右京と亘から褒められて、中園の顔がぱっと明るくなる。

「杉下、冠城！　そうだよな！」

　そこへ伊丹がにこにこしながら入ってきて、捜査員たちを労った。

「お疲れ、お疲れ！　さあ、後片付けやろうぜ」

　亘が芹沢を呼ぶ。

「伊丹さん、ずいぶん、ご機嫌じゃん？」

「この前の婚活相手から電話かかってきてさ。母はあんなこと言いましたけど、わたしは刑事は市民を守るために命を懸けて働く素晴らしい仕事だと思っているから、ぜひまた会いたいです……って言われたらしいよ」

「それはよかったです」

亘が微笑んだとき、青木が入ってきた。

「杉下警部、お客様が……どうぞ」

入ってきたのはめかし込んだ大井川君枝だった。

「おやおや。これは、君枝さん」

「どうしてもお礼が言いたくて来ちゃいました。このたびは本当にお世話になりました」

頭を下げる君枝に、右京も倣う。

「こちらこそ、ご協力ありがとうございました」

「無事、お金も戻ってくるようですし、わたし、また婚活、頑張ろうと思いまして」

「それはよかった。息子さんがよいご縁と巡り合えますように」

「やだ！　違うわよ。婚活するのはこのわたしで……お相手は杉下さんよ」

さしもの右京も予想外だったようで、当惑した顔になる。

「はい？」

「これもまたご縁ですものねえ」

周りでようすをうかがっていた亘や中園、伊丹、芹沢、青木の口から思わず笑い声が漏れた。

「笑うところではありませんよ」

右京がむくれた。

「杉下さん」

君枝から熱のこもった視線を浴びせられ、右京は苦笑した。

「はい？」

相棒 season 18（第１話〜第７話）

STAFF

エグゼクティブプロデューサー：桑田潔（テレビ朝日）
チーフプロデューサー：佐藤凉一（テレビ朝日）
プロデューサー：髙野渉（テレビ朝日）、西平敦郎（東映）、
土田真通（東映）
脚本：輿水泰弘、神森万里江、児玉頼子、根本ノンジ、
斉藤陽子
監督：橋本一、権野元、片山修
音楽：池頼広

CAST

杉下右京……………………………水谷豊
冠城亘……………………………反町隆史
伊丹憲一…………………………川原和久
芹沢慶二…………………………山中崇史
角田六郎……………………………山西惇
青木年男…………………………浅利陽介
益子桑栄…………………………田中隆三
大河内春樹………………………神保悟志
風間楓子……………………………芦名星
中園照生……………………………小野了
内村完爾…………………………片桐竜次
衣笠藤治…………………………杉本哲太
社美彌子………………………仲間由紀恵
甲斐峯秋…………………………石坂浩二

制作：テレビ朝日・東映

第１話　　初回放送日：2019年10月9日

アレスの進撃

STAFF

脚本：輿水泰弘　監督：橋本一

GUEST CAST

岩田純…………… 船越英一郎　　片山雛子 ………… 木村佳乃
岩田ミナ ……………… 北香那　　甘村井留加…………団時朗

第２話　　初回放送日：2019年10月16日

アレスの進撃〜最終決戦

STAFF

脚本：輿水泰弘　監督：橋本一

GUEST CAST

岩田純…………… 船越英一郎　　片山雛子 ………… 木村佳乃
岩田ミナ ……………… 北香那　　甘村井留加…………団時朗

第３話　　初回放送日：2019年10月23日

少女

STAFF

脚本：神森万里江　監督：権野元

GUEST CAST

秦野明菜 ……………大島美優　　島村裕之 ………… 三浦誠己

第4話　　初回放送日：2019年10月30日

声なき声

STAFF

脚本：児玉頼子　監督：権野元

GUEST CAST

中川敬一郎……… 長谷川朝晴

第5話　　初回放送日：2019年11月6日

さらば愛しき人よ

STAFF

脚本：児玉頼子　監督：橋本一

GUEST CAST

南侑希（竹田ユキ）… 佐藤江梨子
金子慎也………… 水橋研二

第6話　　初回放送日：2019年11月20日

右京の目

STAFF

脚本：根本ノンジ　監督：橋本一

GUEST CAST

真山誠一……………… 山崎一
白川友里………… 佐藤寛子
江波和江……………山本道子

第7話　　初回放送日：2019年11月27日

ご縁

STAFF

脚本：斉藤陽子　監督：片山修

GUEST CAST

津田保／秋山耕平…· 河西健司
大井川君枝…… 山口美也子
阿久津貴子……… 松井紀美江

相棒(あいぼう) season18 上

朝日文庫

2020年10月30日 第1刷発行

脚 本 輿水泰弘(こしみずやすひろ) 神森万里江(かみもりまりえ) 児玉頼子(こだまよりこ)
根本(ねもと)ノンジ 斉藤陽子(さいとうようこ)

ノベライズ 碇(いかり) 卯人(うひと)

発行者 三宮博信

発行所 朝日新聞出版
〒104-8011 東京都中央区築地5-3-2
電話 03-5541-8832(編集)
03-5540-7793(販売)

印刷製本 大日本印刷株式会社

定価はカバーに表示してあります

ISBN978-4-02-264972-0

落丁・乱丁の場合は弊社業務部(電話 03-5540-7800)へご連絡ください。

送料弊社負担にてお取り替えいたします。

朝日文庫

相棒season4（上）
脚本・輿水　泰弘ほか／ノベライズ・碇　卯人

極悪人・北条が再登場する「閣下の城」、オカルティックな「密やかな連続殺人」、社会派ミステリの傑作「冤罪」などバラエティに富む九編。

相棒season4（下）
脚本・輿水　泰弘ほか／ノベライズ・碇　卯人

シリーズ初の元日スペシャル「汚れある悪戯」、右京のプライベートが窺える「天才の系譜」、人気のエピソード「ついてない女」など一一編。

相棒season5（上）
脚本・輿水　泰弘ほか／ノベライズ・碇　卯人

放送開始六年目にして明らかな〝「相棒」らしさ〟を確立したシーズン5の前半一〇話。人気ドラマのノベライズ九冊目！　《解説・内田かずひろ》

相棒season5（下）
脚本・輿水　泰弘ほか／ノベライズ・碇　卯人

全国の相棒ファンをうならせた感動の巨編「バベルの塔」や、薫の男気が読者の涙腺を刺激する秀作「裏切者」など名作揃いの一〇編。

相棒season6（上）
輿水　泰弘ほか／ノベライズ・碇　卯人

裁判員制度を導入前に扱った「複眼の法廷」をはじめ、あの武藤弁護士が登場する「編集された殺人」など、よりアクチュアルなテーマを扱った九編。

相棒season6（下）
脚本・輿水　泰弘ほか／ノベライズ・碇　卯人

特急密室殺人の相棒版「寝台特急カシオペア殺人事件」から、異色の傑作「新・Wの悲喜劇」「複眼の法廷」のアンサー編「黙示録」など。

相棒season11（上）
脚本・輿水　泰弘ほか／ノベライズ・碇　卯人

香港の日本総領事公邸での拳銃暴発事故を巡り、杉下右京と甲斐享が、新コンビとして活躍する「聖域」など六編を収録。《解説・津村記久子》

相棒season11（中）
脚本・輿水　泰弘ほか／ノベライズ・碇　卯人

何者かに暴行を受け、記憶を失った甲斐享が口にする断片的な言葉から、杉下右京が事件の真相に迫る「森の中」など六編。《解説・畠中　恵》

相棒season11（下）
輿水　泰弘ほか／ノベライズ・碇　卯人

警視庁警視の死亡事故が、公安や警察庁、さらには元・相棒の神戸尊をも巻き込む大事件に発展していく「酒壺の蛇」など六編。《解説・三上　延》

相棒season12（上）
脚本・輿水　泰弘ほか／ノベライズ・碇　卯人

陰謀論者が語る十年前の邦人社長誘拐殺人事件が、警察組織全体を揺るがす大事件に発展する「ビリーバー」など七編を収録。《解説・辻村深月》

相棒season12（中）
脚本・輿水　泰弘ほか／ノベライズ・碇　卯人

交番爆破事件の現場に遭遇した甲斐享が残すヒントをもとに、杉下右京が名推理を展開する「ボマー」など六編を収録。《解説・夏目房之介》

相棒season12（下）
脚本・輿水　泰弘ほか／ノベライズ・碇　卯人

〝証人保護プログラム〟で守られた闇社会の大物の三男を捜し出すよう特命係が命じられる「プロテクト」など六編を収録。《解説・大倉崇裕》

相棒season15（上）
脚本・輿水　泰弘ほか／ノベライズ・碇　卯人

ある女性の周辺で起きた不可解な死の真相に、右京と亘が迫る「守護神」、独特なシガーの香りから連鎖する事件を解き明かす「チェイン」など六編。

相棒season15（中）
輿水　泰弘ほか／ノベライズ・碇　卯人

郊外の町で隠蔽された警察官連続失踪の闇に迫る「帰還」、目撃者への聴取を禁じられ、出口の見えない殺人事件に挑む「アンタッチャブル」など六編。

相棒season15（下）
脚本・輿水　泰弘ほか／ノベライズ・碇　卯人

籠城犯の狙いを探りあてた右京が、亘とともに巨悪に挑む「声なき者」、世間を騒がせる投稿動画に特命係が鋭く切りこむ「ラストワーク」など五編。

相棒season16（上）
脚本・輿水　泰弘ほか／ノベライズ・碇　卯人

証拠なき連続殺人事件に立ち向かう特命係と権力者たちとの対峙を描く「検察捜査」、銀婚式を目前にした夫婦の運命をたどる「銀婚式」など六編。

相棒season16（中）
脚本・輿水　泰弘ほか／ノベライズ・碇　卯人

外来種ジゴクバチによる連続殺人に特命係が挑む「ドグマ」、警視庁副総監襲撃事件と過去の脅迫事件との繋がりに光を当てる「暗数」など六編。

相棒season16（下）
脚本・輿水　泰弘ほか／ノベライズ・碇　卯人

不穏な手記を残した資産家の死をホームレスと共に推理する「事故物件」、ホステス撲殺事件に隠された驚愕の真実を解き明かす「少年A」など六編。

朝日文庫

相棒season17（上）
脚本・輿水 泰弘ほか／ノベライズ・碇 卯人

資産家一族による完全犯罪に右京の進退を賭けて挑む「ボディ」、拘禁中の妖艶な女詐欺師が特命係を翻弄する「ブラックパールの女」など六編。

相棒season17（中）
脚本・輿水 泰弘ほか／ノベライズ・碇 卯人

外国人襲撃事件を単独捜査する伊丹の窮地を救う「刑事一人」、凱旋帰国した世界的歌姫が誘拐・殺人事件に巻き込まれていく「ディーバ」など六編。

相棒season17（下）
脚本・輿水 泰弘ほか／ノベライズ・碇 卯人

経産省キャリア官僚殺害事件の謎を追う「99％の女」、少年の思いに共鳴した〈花の里〉の女将、幸子の覚悟と決断を描く「漂流少年」など六編。

杉下右京の密室
碇 卯人

右京は無人島の豪邸で開かれたパーティーに招待され、主催者から、参加者の中に自分の命を狙う者がいるので推理して欲しいと頼まれるが……。

杉下右京のアリバイ
碇 卯人

右京はロンドンで殺人事件の捜査に協力することに。被害者宅の防犯カメラには一五〇キロ離れた所にいる奇術師の姿が。不可能犯罪を暴けるか？

杉下右京の多忙な休日
碇 卯人

杉下右京は東大法学部時代に知り合った動物写真家・パトリシアに招かれてアラスカを訪れる。そこでは人食い熊による事件が頻発しており……。